講談社文庫

帝の刀匠

JN054724

講談社

目次

『公家武者 信平』の主な登場人物

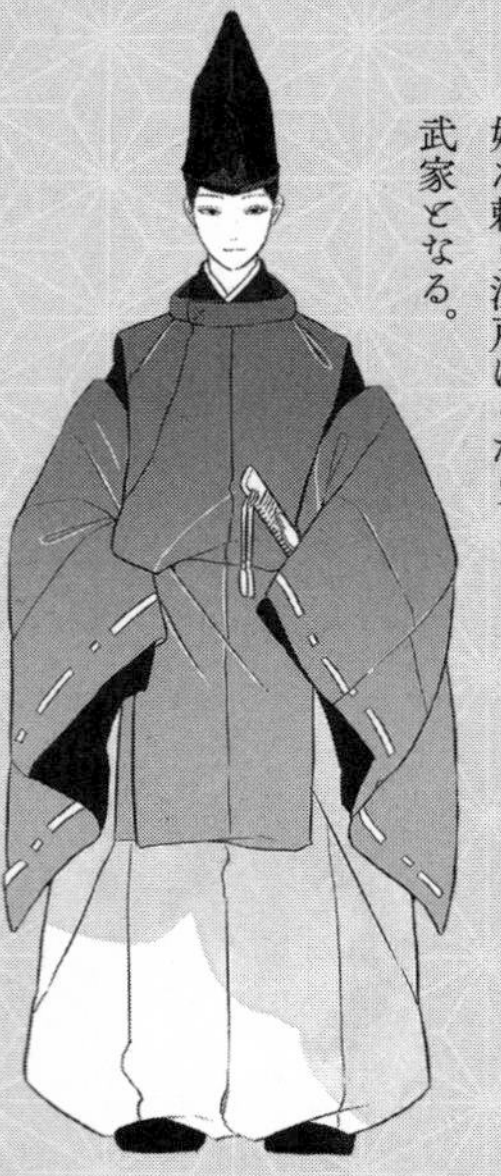

◉鷹司《たかつかさ》松平《まつだいら》信平《のぶひら》

家光《いえみつ》の正室・鷹司孝子《たかこ》（後の本理院《ほんりいん》）の弟。姉を頼り江戸にくだり武家となる。

◉松姫《まつひめ》

徳川頼宣《とくがわよりのぶ》の娘。将軍・家綱《いえつな》の命で信平に嫁ぐ。

◉信政《のぶまさ》

信平と松姫の一人息子。元服を迎え福千代から改名し、修行のため京に赴く。

◉五味正三《ごみしょうぞう》

北町奉行所与力。ある事件を通じ信平と知り合い、身分を超えた友となる。

◉**お初《はつ》**　老中・阿部《あべ》豊後守《ぶんごのかみ》忠秋《ただあき》の命により、信平に監視役として遣わされた「くのいち」。のちに信平の家来となる。

◉**葉山善衛門《はやまぜんえもん》**　家督を譲った後も家光に仕えていた旗本。家光の命により信平に仕える。

◉**道謙《どうけん》**　公家だった信平に、京で剣術を教えた師匠。信政を京に迎える。

◉**四代将軍・家綱《いえつな》**　本理院を姉のように慕い、永く信平を庇護する。

◉**江島佐吉《えじまさきち》**　「四谷の弁慶」を名乗る辻斬りだったが、信平に敗れ家臣になる。

◉**千下頼母《せんげたのも》**　病弱な兄を思い、家に残る決意をした旗本次男。

◉**鈴蔵《りんぞう》**　馬の所有権をめぐり信平と出会い、家来となる。

◉**光音《みつね》**　若き陰陽師。加茂光行《かものみつゆき》の孫。透視能力を持つ。

イラスト・Minoru

帝の刀匠——公家武者 信平《のぶひら》(七)

第一話　贋作《がんさく》の名刀

一

「ここが、父上がお生まれになった京《みやこ》」

一望できる清水《きよみず》の舞台に立っている鷹司《たかつかさ》松平信政《まつだいらのぶまさ》は、色づきはじめた楓《かえで》の先に広がる町の景色に目を輝かせている。

「佐吉《さきち》、お師匠様のお宅はどのあたりですか」

背後に控えていた江島《えじま》佐吉が横に来る。舞台の床をきしませる大柄に、周囲の者たちが驚いたような顔をしている。

気にしない佐吉は、景色を見渡して首をかしげた。

「頼母《たのも》、どこだ」

助けを求められた千下《せんげ》頼母は、本堂に向かって合わせていた手を下ろし、きびすを返して信政の背後に歩み寄る。

「ここからは見えませぬ。遅くならぬうちにまいりましょう」

東海道から近い名所というので立ち寄った信政たちだが、清水寺は想像より広く、すべてを見ている時間はないようだ。

気ぜわしく言う頼母の案内で参道をくだり、八坂《やさか》の塔を見つつ町中を歩んだ。ひっそりとした町は、にぎやかな江戸とは違って歴史の重みを感じる。

それとはうって変わって、祇園社《ぎおんしゃ》の門前は人でにぎわい、立ち並ぶ商家は繁盛している様子だ。

信政は、江戸とは違う空気を肌で感じ、これまで立ち寄った東海道のいずれの宿場とも違う、どこか品のある町の人々に目をとめながら歩いた。

やがて町中を抜けた三人は、賀茂川《かもがわ》と合流する高野川《たかのがわ》に架かる橋を渡った。

「おお、見えてきました。あれが照円寺《しょうえんじ》です」

佐吉が教える寺は、境内の木々が赤や黄に葉を染めはじめ、季節の移ろいを示している。

その照円寺の土塀を左手に見つつ歩みを進めていくと、藁葺《わらぶ》きの家があった。農家のようにも見える建物は再建されて間がなく、壁も柱もまだ新しい。

頼母から道謙《どうけん》の家だと教えられた信政は、期待と緊張で胸の鼓動が高まった。

落ち葉を集めて焼いているのか、表の庭から白い煙が流れ、煙の元となっている場所の横手の畑に、しゃがんで作業をしている女の後ろ姿がある。

囲いのない敷地《しきち》へ入ると、佐吉がその女に声をかけた。

「おとみ様」

声に振り向いたおとみが、立ち上がって明るい笑みを浮かべ、畑から出てきた。信政を見るなり、両手を合わせて嬉《うれ》しそうな顔をする。

「まあ、美しいお顔。信平《のぶひら》様にどことなく似てらっしゃるかしら」

信政はおとみのところに行き、頭を下げた。

「今日よりお世話になります。信政にございます」

緊張した面持ちの信政に対し、おとみはいつもの気さくな態度で接した。

「待っていましたよ。自分の家だと思って遠慮なく。信平様は息災かね」

「はい。よろしくお伝えするよう申しておりました」

「はいはい」

おとみがにこりとして頭を下げ、信政を家に招く。

庭を歩んでいくと、おとみは小走りで縁側に行き、家の中に入った。

程なく幼子の泣き声がしたので、佐吉と頼母は驚いた顔を見合わせる。

「まさか、お師匠様にお子が……」

思わず声に出す佐吉に、頼母は冷静に応える。

「お歳《とし》を考えると、あり得ないかと。いや、お師匠様ならあり得るか」

家の中では、道謙を呼ぶおとみの声がする。そして、幼い子を抱いて縁側に出てくると、佐吉たちのほうを見て、呆《あき》れた顔をする。

「あれお前様、子守をするとおっしゃったのに、いつの間にお外へ出られていたのです？」

「よう寝ておったからな」

背後でした声に、三人は驚いて振り向いた。すると、佐吉の真後ろに立っていた道謙が、じっとりとした目で見ているではないか。

慌てた佐吉と頼母がその場に片膝をつき、頭を下げた。

「お師匠様、いつからそこに」

訊《き》く佐吉に、道謙は薄笑いを浮かべる。

「早《はよ》う気付け。わしが刺客ならば、命はなかったぞ」

「お師匠様には敵《かな》いま……」

しゃべる佐吉を無視して歩みを進めた道謙が、頭を下げた信政に微笑《ほほえ》む。

「信政にございます。よろしくお願い申します」

「うむ。ようまいった。どことのう、立ち姿が信平の幼い頃に似ておるな。目元は母親に似ておるのか」

「そう言われます」

「手を出せ」

信政が戸惑いつつ差し出すと、道謙は両手を取り、手の平を見た。

剣術の修行をしていた信政の左手には、小指と薬指の付け根と、小指から手首にかけて剣だこができている。

「それなりに刀を振るっておるようじゃな」

道謙は言い、付いてまいれと言って歩いていく。

おとみがお茶を出すと言ったが、後でよいと道謙は言い、家の裏へ向かった。

付いていった信政は、斧《おの》を渡された。どこにでもある、使い古した感じの薪割《まきわ》り斧だ。

「まずは、これを割ってみよ」

道謙は丸い薪を台に置いた。

従った信政は、編み笠《がさ》を置いて、斧を両手ににぎる。赤坂の屋敷《やしき》で下働きの者が薪割りをするのを見たことがあるので、要領は分かっている。

頼母は驚き、佐吉が歩み出る。

「薪割りなど、それがしがやりまする」

「これ、手を出すでない。これも修行のうちじゃ」

道謙に言われて、佐吉は引き下がった。

修行と聞いて、信政は斧を持つ手に力を込めた。振り上げ、狙いを薪の中心に定めて振り下ろす。だが、薪はうまく割れない。しびれた手を振りながら見れば、薪のてっぺんがへこんでいるだけ。そんなはずはないと斧を見れば、刃は平らに削られ、切れそうにない代物。

佐吉も見て、

「これではだめです。すぐに研ぎまする」

信政の手から斧を取ろうとしたが、またも道謙が止めた。

「修行だと申したであろう。見ておれ」

信政から斧を取り上げた道謙は、左手一本で振り上げ、無言の気合を吐いて打ち下ろす。軽い音がして割れた薪が、左右に飛んだ。

目を見張る信政に、道謙が微笑む。

「手首の使い方が大事じゃ。まずは、これができるようになれ」

「はい」

斧を受け取った信政は、新しい薪と向き合った。

「えい！」

渾身《こんしん》の力を込めて打ち下ろすが、先ほどと同じ。両手がしびれてしまい、たまらず柄《つか》を離して手首を振った。

「もう一度じゃ」

「はい」

信政は、それから何度も斧を振るった。

割れない薪に悔しそうな声を出しつつ、休まず繰り返す信政を横目に、佐吉が道謙に歩み寄る。

「お師匠様、おめでとうございます」

道謙は、薄笑いを浮かべた顔を向ける。

「子のことか」

「はい。さっそく殿にお知らせいたします」

「待て。それではおもしろうない。いずれ来ようから、驚かせてやろう」

「しかし、殿はいつ上洛《じょうらく》されるか分かりませぬ」

「案ずるな。わしには分かっておる」

「殿から上洛の知らせがありましたか」

「文など届いておらぬ。信平もまだ分かってはおるまいよ」

道謙の含んだ笑みに、佐吉は理由が分かった。

「ああ、なるほど。あのお方ですか。殿はいつ上洛しますか」

「日にちまでは見えておらぬが、近いうちだそうだ。つい二日前に、そう聞いた」

「殿は驚かれますぞ。のう頼母」

佐吉に言われて、頼母が道謙に頭を下げる。

「おめでとうございます」

「めでたいと言えば、めでたいことであるな」

意味深に言う道謙は、信政の慌てた声に顔を向けることなく身を引き、はじけ飛んできた薪を眼前にかわした。

「申しわけございませぬ」

焦る信政に、道謙は微笑む。

「肩の力を抜け」

「はい」

道謙は子のことには触れず、割れぬ薪に苦闘する信政を見守った。

二

遠く離れた江戸の空は、うろこ雲が広がっている。

信平は松姫《まつひめ》と共に月見台に座り、茶を楽しんでいた。

友である増岡弥三郎《ますおかやさぶろう》が届けてくれた栗菓子《くり》は、余分なものを一切混ぜず、茹《ゆ》でた栗を潰して丸めた品で、口当たりが滑らかで美味。松姫も喜び、二つ目を食べている。

抹茶の茶碗《ちゃわん》を置いた信平は、廊下に気配を覚えて顔を向けた。すると、葉山善衛門《はやまぜんえもん》が廊下の角を曲がり、急ぎ足に歩んで月見台に渡ってきた。

「殿、奥方様、若君から文が届きましたぞ」

松姫が信平に顔を向ける。

受け取った信平は目を通し、松姫に渡した。

信政の文に、松姫は驚いた顔をする。

「毎日薪割りをしているとは、どういうことでしょうか」

「師匠のお考えあってのことじゃ」

「修行だとおっしゃいますか」

「うむ。麿《まろ》も覚えがある」

刃のない斧のことを教えると、松姫は納得して、文の続きに目を通した。ふたたび信平に顔を向ける。

「秋が深まる頃には鞍馬山《くらまやま》へ上がるそうですが、どのようなところですか」

「麿が修行をした山だ。ひとたび登れば、春までは麓《ふもと》へ戻らぬはず」

そう教えた信平は、厳しい修行を思い出す。

その横で文を畳む松姫は、心配そうな顔をしている。

「信政は、修行に耐えられましょうか」

「師匠は人の才を見抜かれる。信政が修行に耐えられると認められたうえで、鞍馬山に誘われたのだ。案ずることはない」

信平を信じる松姫は、笑顔でうなずいて文を胸元に差し入れ、空いた茶碗を引き取った。抹茶が入っていた茶碗を包み持ち、信平に顔を向けた。

「宇治《うじ》の御領地へは、いつまいられるのですか」

「まだ決めておらぬ」

「御上洛された時、信政に会われますか」

「鞍馬へ行ってみようとは思う」

「様子をお教えいただくのが、今から楽しみでございます」

微笑む松姫に、信平は笑みを浮かべてうなずいた。

善衛門が言う。

「宇治の領地である五ケ庄《ごかしょう》を任せる者を決めなければいけませぬな」

信平は穏やかな顔を向ける。

「多胡郡《たごおり》や下之郷村《しものごうむら》のように、その土地の者に任せたいと考えている」

「となりますと、筆頭は庄屋《しょうや》ですな。公儀からいただいた土地台帳には、六右衛門《ろくえもん》と記されておりました」

「先に領地へ入る佐吉と頼母には、六右衛門の人となりを見るよう言い含めているが、どう思う」

「さようでございましたか。新たに捜すとなりますと、すぐというわけにはいかぬでしょうから、悪い噂がなければ、殿の思《おぼ》し召しのままでよろしいかと」

「二人がなんと言うてよこすか、楽しみじゃ」

松姫が善衛門に栗菓子を差し出した。

「弥三郎殿からいただきました。美味ゆえどうぞ」

「これはこれは、では遠慮なく」

口に運んだ善衛門も気に入ったらしく、嬉しそうな顔をした。

信政のことを語りながらのんびりと過ごしていた昼下がりに、信平を訪ねる者があった。

家来からの知らせを受け、善衛門と共に表御殿の客間に行くと、三十代と思しき侍が待っていた。

頭を下げた侍は、陸奥《むつ》二関《ふたぜき》五万石藩主・井田宗定《いだむねさだ》の用人磯村《いそむら》だ。

朝廷の重役である五摂家《ごせっけ》に名を連ねる鷹司家の血を引き、将軍家縁者でもある信平に平身低頭して名乗った磯村は、己の横に置いている袋に入れた太刀を膝の前に置き、両手をつく。

「御嫡子信政殿の御元服、おめでとうございます。これは、我があるじからの気持ちにございます。どうぞ、お納めください」

そう言うと、ふたたび平身低頭した。

「ご無礼して、拝見させていただく」

信平はそう言うと、控えている善衛門に目配せをする。

応じた善衛門が太刀袋を捧《ささ》げ持ち、信平に渡した。

袋を解き、黒塗りの鞘《さや》の鯉口《こいぐち》を切り、ゆっくり抜く。

刃紋も輝きも、実に美しい。

信平は、磯村に目を向けた。

「見事な太刀。銘《めい》を教えていただこう」

「鶴宗《つるむね》にございます」

磯村の背後に控えていた善衛門が驚いた面持ちとなり、信平を見ると、受け取ってはなりませぬ、という目顔で首を振る。

顔色をうかがうような眼差《まなざ》しを信平に向けていた磯村が、背後を気にする様子を見せ、信平に目を戻して言う。

「あるじの気持ちを、どうぞお受け取りください」

だが善衛門は、受け取るな、と無言で首を横に振る。

信平は善衛門に従い、

「お心遣い嬉しく思いますが、愚息への祝いの品はどなたからも受けておらぬゆえ、お引き取り願いたい」

　と断った。

　磯村は、納得いかぬ顔をした。

「太刀がお気に召されませぬか。それとも、銘を嫌われますか」

「見事な太刀です」

「では、お受け取りを」

　しつこい磯村に、善衛門が背後から言う。

「磯村殿、無礼ですぞ」

　だが磯村は引かず、

「受け取っていただかなくては、それがしがあるじに叱られます。お願いいたします」

　自分の身を案じる始末。

　どうしたものかと思案した信平は、

「しばし待たれよ」

　そう言って座を外し、井田宗定にお礼の気持ちと、祝いの品を受け取らぬことを文にしたため、客間に戻った。

「これを、宗定殿にお渡しください」

磯村は困惑し、差し出された文を見つめた。

「どうあっても、受け取っていただけませぬか」

これには善衛門が答えた。

「先ほど殿がおっしゃったとおり、どなた様からもお断りしているのだ。太刀を拝見しておきながら断るのは納得がいかれぬだろうが、見せていただいたのは、宗定殿の気持ちを受け取るためとご理解いただきたい」

磯村は信平を見た。

「まことでございますか。太刀銘をお気にされてのことではなく、まことに、どなたからもお受け取りされておられぬのですか」

それは本当のこと。

ゆえに信平は、磯村の目を見てうなずく。

磯村は目を下げ、太刀をつかんで右横に置いた。

「あい分かりました。では、これにてごめんつかまつります」

頭を下げて立ち上がり、帰っていった。

見送りをすませた善衛門が戻り、信平の前に正座する。

「危ないところでございました。鶴宗こと井田宗重《むねしげ》殿は、御公儀が警戒している人物。たとえ分家の宗定殿からの贈り物であっても、公家《くげ》の出の殿が宗重殿に関わる品を受け取られては、あらぬ疑いをかけられる恐れがありますからこれでよろしゅうござる」

「鶴宗の太刀は存じているものの、宗重殿自身のことを麿は知らぬ」

「当然でございましょう。何せ二十年前のことです」

善衛門はひとつ咳《せき》をして、詳しく教えてくれた。

鶴宗とは、井田一族本家の陸奥藩七十万石、井田家の隠居のこと。二十年前、公儀から目を付けられたことが発端で隠居を命じられ、今は鶴宗の名で作刀をしている。その腕前は優れていて、鶴宗の太刀は刀剣家のあいだで高く評価されている。

それはよいとして、隠居させられた理由がいけぬ。

宗重は藩主だった二十代の時に、正室の実家である公家を通じて朝廷に近づき、徳《とく》川《がわ》幕府から目を付けられた。

一国の大名というだけでなく、戦国の世では徳川と肩を並べていた名家ということが幕閣を警戒させ、朝廷の有力者と共に徳川幕府から権力を奪おうとたくらんでいるのではないか、と疑われたのだ。

宗重はそれを察知してかどうかは分からぬが、ある日突然、藩政を疎《おろそ》かにして遊興三昧をするようになり、親戚縁者からの不興を買い、老中の命で隠居に追い込まれていた。

さらに、宗重が隠居に追い込まれた時、公家の出である正室とは離縁し、その公家は今、没落して都落ちしているという。

そこまで教えられた信平は、善衛門が警戒するのも無理はないと思った。

正面に正座して熱く語る善衛門に問う。

「鷹司家の出である麿の息子に太刀を贈ろうとしたのは、単なる祝いの気持ちだけではないと、善衛門は思うのか」

善衛門は厳しい顔を向けた。

「いかにも。これは甥《おい》の正房《まさふさ》から聞いたことですが、鶴宗殿は近頃、密《ひそ》かに別の公家と親交を深めている噂《うわさ》があるとか。分家の宗定殿に秘めたる考えはないやもしれませぬが、そのような噂がある時に鶴宗殿が作られた太刀を受け取るのは、いかに殿とて危のうございます」

信平はうなずき、気になっていることを訊いた。

「鶴宗殿の元正室の実家は、どなたか」

「西院《さいいん》家にございます」

「名だけは聞いたことがある」

善衛門は言う。

「西院家は、殿の御実家鷹司家が名を連ねる五摂家に次ぐ清華家《せいがけ》の家格でございましたが、二十年前のことが災いし、今はその地位を失っております。当主の貞常《さだつね》殿は、離縁して戻った娘をすぐさま他家へ嫁がせた後に、京から姿を消されました。ですが当時、朝廷内には貞常親子に同情している者もいるとの噂もございました。今でも、密かに親交を持っている者がいるはずかと」

「西院貞常殿は、鶴宗殿が近づいている公家とも関わりがあると、公儀は睨《にら》んでいるのだろうか」

「そう思い正房に問いましたが、御公儀はそこまではつかめていないようです」

公儀でも容易につかめぬと聞き、きな臭さを覚える信平だったが、信政元服の祝いの品を届けてくれる大名は他にもある。

「今は、単なる祝いの気持ちであると思うことにいたそう」

「殿の文を読まれた宗定殿が引き下がるかどうかですが、御公儀も目を光らせておりますゆえ、関わらぬほうがよろしいかと」

「心得た」

話を終えた信平は、宗定から何か言ってくるかと気にしていたが何ごともなく、三日後の大名旗本総登城の折には、本丸の大廊下で姿を見かけて無礼を詫《わ》びた。すると宗定は明るい顔で、突然押しかけて悪かったと頭を下げ、気にしていない様子だった。

この時信平は、善衛門が言ったとおり、井田家の一族である宗定と会話をする場に向けられる目付役の厳しい眼差しを感じていた。だが、共にいた別の大名が、信平殿は祝いの品を受け取ってくれぬ、と言ったことで、目付役の表情が和らいだように思えた。

宗定本人は、公儀の警戒を知ってか知らずか、己に向けられている監視をまるで気にしていないようだった。

井田家本家はともかく、分家の宗定は気さくな性格で、悪い男ではないと思っている信平は、公儀の取り越し苦労であることを願いつつ、この日の行事を終えて下城し、赤坂の屋敷へ帰った。

三

翌朝、江戸は深い霧に包まれた。

肌寒く、庭の草木に露が付き、秋の深まりを感じさせる。

信政と佐吉、頼母がいない朝餉《あさげ》は寂しいが、旅立って間もない頃にくらべると慣れてきて、松姫も善衛門も、いつもと変わらぬ様子。

静かに食事を摂《と》っていると、台所で五味正三《ごみしょうぞう》の声がした。

「にぎやかなのが来ましたぞ」

善衛門が面倒そうに言いつつも、その顔には笑みが浮いている。

信平が土間を見るのと、五味が台所に向いて笑いながら現れるのが同時だった。

「これ、静かにせい」

善衛門が食事中だと言って叱り、五味がとぼけたような顔を向ける。

「おや、皆様おそろいで。信平殿、奥方様、おはようございます。ご隠居、口から生まれたものでうるさくしてどうもすみません。うははは」

遠慮なく大声で笑う五味に、松姫が釣られて笑った。

　善衛門は鼻で笑い、食事に戻った。

　勝手に上がって下座に正座する五味は、そわそわと手もみをしている。そこへ、膳を持ったお初《はつ》が来た。

　湯気が上がる食膳を目の前にして、五味は上座に向かって手を合わせる。

「信平殿、奥方様、いただきます」

　信平と松姫が笑顔でうなずく前で味噌汁《みそしる》のお椀《わん》を取り、一口すすった。

「旨《うま》い！　やっぱり疲れた時はこれに限りますな。お初殿、生き返りましたぞ」

　いつもの様子を、お初は黙って見ている。

　善衛門が箸と茶碗を置いた。

「疲れておるように見えぬが、宿直《とのい》をしたのか」

　熱い豆腐を口に入れたばかりでしゃべれない五味は、ようやく飲み込み、善衛門に涙目を向ける。

「朝湯を使ってさっぱりしていますがね、三日続けての宿直でしたから」

「何か大きな事件があったのか」

　五味は味噌汁をすすり、お椀と箸を置いた。

「信平殿とご隠居は、露斬《つゆき》りという名刀をご存じで？」

「麿は知らぬ」

信平に善衛門が続く。

「見たことはないが、聞いたことがある。刀身が露のごとく美しい輝きをもっていることから名付けられた名刀であったな」

「さすが、長生きをされているだけのことはありますな」

善衛門が口をむにむにとやる。

「一言多いわい。名刀が盗まれでもしたのか」

「そのほうがまだましですよ。同輩の与力が露斬りの贋作をつかまされて寝込んでしまったんです」

「何、贋作じゃと」

驚く善衛門に、五味は顔をゆがめて見せる。

「大金を出したらしく、落ち込みようが激しくて仕事にならぬものですから、代わりに宿直をするはめになったというわけです。運悪く昨夜はこそ泥騒動があったもので朝まで忙しくて疲れていましたが、お初殿の味噌汁で生き返りました」

ふたたびお椀を取り、味噌汁を旨そうに飲むとご飯を食べた。

先に食事を終えた松姫は、五味にゆっくりするよう言って奥御殿に戻り、居間には信平と善衛門、五味の三人だけとなった。

「やはり寂しいですな」

しんみりと言う五味に、善衛門が訊く。

「先ほどの続きじゃが、露斬りの贋作とは穏やかな話ではないな」

「まったくそのとおりです。何せ、これだけ出していますから」

五味は指を二本立てて見せる。

「家宝になる刀を手に入れるのが夢で、長年かかって貯《た》めた二百両を騙《だま》し取られたのですから、寝込む気持ちも分かります」

善衛門が眉間にしわを寄せた。

「それは気の毒なことじゃな。その者のためにも、売った者を捕まえてやれ」

「その売った者をすぐに捕らえに向かったのですがね、店のあるじは本物だと言い張る。よく訊いてみれば、本阿弥光悦《ほんあみこうえつ》のお墨付きを渡したと言うんです」

「与力はそれを持っていたのか」

「ええ。ありました」

「なんじゃ。それならば騒ぐまでもなく本物ではないか」

「そうはいかないから、寝込んでいるのです」

難しい顔をする五味に、善衛門は興味ありげに身を乗り出す。

「なんじゃ、お墨付きも偽物だったのか」

「これがどうも、難しいことで」

「はっきりせぬな。何か厄介なことでもあるのか」

「実はお奉行が、近江《おうみ》朽木《くつき》藩《はん》二万石の井伊《いい》土佐守《とさのかみ》殿から露斬りを見せられ、自慢されたとおっしゃったのですよ。相手は名家井伊様の縁戚。そうと知った同輩は、自分のが偽物だと泡を食ったわけです」

信平と善衛門は顔を見合わせる。

見ていた五味が、不思議そうな顔をした。

「信平殿、珍しく驚かれておりますが、どうされたので？」

信平は五味に顔を向けた。

「その土佐守殿が、本日来られることになっている。茶会に招いているのだ」

「ほほう、それはまた。しかし信平殿が茶会とは、珍しいですな」

「まあな」

微笑む信平の横で、善衛門が五味に言う。

「先方から殿に、茶会でも酒宴でもよいので誘うてくれと言われたのだ。井伊土佐守殿は少々厚かましいところがあるが、憎めぬ御仁でな。殿は受けられたというわけじゃ」

「御奉行も同じようなことをおっしゃっていました。ああ！」

善衛門がびくりとした。

「いきなり大きな声を出すな」

五味が膝行《しっこう》する。

「信平殿、もしかして露斬りを見せられていましたか」

「麿は知らぬと言うたではないか」

「そうでした。ではきっと、自慢をしたいがために誘うてくれとおっしゃったのですよ。御奉行は、突然来て自慢されたとおっしゃっていましたから」

北町奉行の島田守政《しまだもりまさ》が井伊土佐守と親しそうに話しているのを城で見たことがある信平は、五味にうなずいた。

「井伊殿らしいことよ。遠慮はないが、麿はあのお方が好きじゃ」

「御奉行も好きだとおっしゃっていました。嘘《うそ》偽りを言わぬ御仁だとも。だからこそ、同輩の与力が偽物をつかまされたと思い寝込んだのです」

善衛門が嘆息を吐く。

「まあ、分家とはいえ、井伊の血を引く名家。土佐守殿が偽物を自慢するとは考えにくい。かと申して、露斬りがこの世に二振りあるはずもない。売りつけた店のあるじを、もう一度厳しく調べてはどうか」

「御奉行の命で、同心がしょっ引きに行きました。今頃は、大番屋送りになっているかと。しかしその商人も悪い男ではないので、誰かに騙されているのかもしれませんね。可哀《かわい》そうなことです」

信平は気になった。

「何か分かれば、教えてくれ」

「では、夕餉《ゆうげ》をいただきに来ます」

信平が笑みで応じると、五味は、丁度お茶を持ってきたお初に嬉しそうな顔を向けた。

「お初殿、また会えますな。何か欲しいものはありますか。なんなりと買ってきますぞ」

信平にお茶を出したお初が、五味に冷たそうな顔を向ける。

「何もいりませぬ」

「遠慮などして、いじらしいですな」

お初は微笑んだ。

表情の変化を見逃さない五味が、ここぞとばかりに手をにぎろうとした時、お初は途端に真顔になり、

「触るな」

言うや、手をたたいた。

五味は、たたかれた手を嬉しそうな顔で見ている。

苦笑いをする信平の横で、善衛門が不機嫌に鼻息を荒くしている。

「朝からいちゃいちゃしおって。場をわきまえぬか馬鹿者！」

外まで響く大声に、庭の茂みにいた鳥が飛び立った。

五味は笑いながら帰ろうとして腰を上げたが、思いついたように座り直した。

「信平殿、やはり分かり次第来させてもらってもよろしいですか。夕餉を御馳走《ごちそう》になると言ったものの、同輩の与力が出なければ、今夜も奉行所に詰めなければいけませんので」

信平がうなずく横で、善衛門が五味に不思議そうな顔を向ける。

「同輩の与力は、今日も寝込むか」

「戻ってみなければ分かりませんがね。何せ二百両ですから、気持ちも分かります。

「では、また来ます」

五味は信平に頭を下げ、いそいそと帰っていった。

四

井伊土佐守が訪ねてきたのは、約束どおりの午刻《うまのこく》（十二時頃）だ。

家老の宇佐美《うさみ》を一人だけ従えて来た井伊は、編み笠に羽織袴《はおりはかま》の軽装だ。

徳川譜代の中でも筆頭格に名を連ねる井伊家の血を引くこの者は、正室の子ではないため本家を継いではいない。だが、文武に優れ、井伊家の逸材であると惜しむ声が、家臣団のみならず、公儀の中にもある。

弓の名手でもあり、将軍家の御前で技を競った時は抜きん出た腕前を見せて皆を驚かせ、将軍家綱《いえつな》直々に、褒美の弓をもらっている。

そんな井伊は無類の刀剣好きでもあり、これと思うものは必ず手に入れ、その目は確かで、所蔵しているものの中には天下に名高い宝刀もある、という噂もある。

弓と剣術で鍛えられている井伊の身体《からだ》は筋骨たくましく、頬も引き締まり、首も鍛えられている。

気性が激しいところはあるものの、家来や領民から慕われている井伊は、表玄関まで出迎えた信平に、

「今日はよい天気じゃな」

遠慮のない明るい顔で言い、腰から大刀を外して信平の家来に預け、錦の袋に入れている刀を見せる。

「今日はこれを見てもらいたい。このままよいか」

真顔はまさに武将であるが、白い歯を見せれば一転して優しい面持ちとなる。

そんな井伊に、信平も笑顔で応じる。

「ようお越しくださいました。どうぞお上がりください」

自ら表御殿の書院の間に案内した。

佐吉が造った庭を見た井伊が、廊下で立ち止まる。

「実によい景色の庭だな。宇佐美、見ろ、木々の配置がよう考えられておるゆえ、色づいた時に美しさが増す。我が屋敷もこのようにせぬか」

「よろしいかと」

家老の賛同を受けた井伊が、信平に顔を向ける。

「信平殿、庭師を教えてくれ」

「この庭は、磨の家来が一人で造っており、まだ途上でございます」

井伊は苦笑いをした。

「そうか。家来を借りるわけにはいかぬな」

あきらめの早い井伊は、歩みを進めた。

案内して書院の間に入った信平は、井伊を上座に促したが断られ、どちらが上ともならずに、部屋の中ほどで向かい合って座した。

家老の宇佐美が手土産の包みを解き、信平に差し出す。

「領地の名産、鮒寿司《ふなずし》にございます」

桐《きり》の箱を受け取った信平は、礼を言って善衛門に渡した。

井伊は座している右手側に、錦の袋に入れた刀を置いている。

まずはもてなした。

お初やおたせたちが調《ととの》えてくれた昼餉《ひるげ》は、江戸近郊の川で捕れた鮭《さけ》の焼き物に、松《まつ》茸《たけ》の吸い物、ごぼうと芋の煮物などが並べられ、土産の鮒寿司も出された。

琵琶湖《びわこ》で捕れた鮒で作る寿司は独特の匂いがあり苦手だという者もいるが、京で食べたことがある信平にとっては、懐かしい味。

ひとつ食べて顔をほころばせると、井伊は嬉しそうな顔をした。

「気に入っていただけたか」

「美味でございます」

「それはよかった。わしも好んで食すゆえ、よう領地から送らせる。また届けさせよう」

「おそれいります」

信平は酒をすすめた。

茶会とは名ばかりで、酒食が主になった風ではあるが、

「今日は嬉しい。こうして信平殿と酒を飲むのが、わしの夢だったのだ」

井伊は屈託のない笑顔で酌を返す。

酌み交わす二人を見つつ下座に控えている宇佐美は、信平や井伊と同年代の家老だが、どっしりと構えて落ち着いている様子が、ずっと歳上に見える。いささか騒がしい井伊を見守る体《てい》で、穏やかな顔で座っているのだ。

信平は、そんな宇佐美にも膳を出させた。

恐縮した宇佐美は箸を付けようとしない。

見かねた善衛門がそばに行き、

「殿のおこころを受けられよ」

そう言って酒をすすめた。

宇佐美は井伊にうかがう目を向ける。

「せっかくじゃ。いただけ」

「はは」

あるじの許しを得てようやく、宇佐美は酌を受けた。

箸を置いた井伊が、信平に顔を向ける。

「信平殿、酔わぬうちに見てもらいたい」

信平の目に、ほらきた、と言いたそうな善衛門の顔が見えたが、涼しい顔をして井伊に向き合う。その肩越しに、次の間の下手にある襖《ふすま》の端から顔を出した五味が見えた。

お初から井伊が来ていることを聞いて、こっそり見に来たのだろう。

気付かない井伊は、横に置いていた錦の太刀袋を持って紐《ひも》を解き、黒光りがする鞘の大刀を取り出すと、信平に差し出した。

「宝刀狐丸《きつねまる》を持っている信平殿に目利きをしてもらいたい」

刀を受け取った信平は、まず、こしらえがよい柄と、彫り飾りが見事な鍔《つば》を見る。

鯉口を切り、ゆるりと抜いた刀身を顔の前で立てて見上げ、顔を井伊に向けた。

「これは、露斬りですか」

井伊は驚いた。

「どうして知っている」

「そなた様が持っておられると、風の噂で聞いたもので」

飄々《ひょうひょう》と言う信平は、刀を見る。

「刃紋が美しく、刀身の輝きも見事。名刀です」

そう言ったが、井伊は喜ばず、逆に悔しそうな顔をして信平を見た。

「騙された」

戯《ざ》れ言《ごと》ではなく本気の様子に、信平はいぶかしむ。

「贋作だと申されますか」

「いかにもそうだ。二千両も出して手に入れた刀だが、偽物だ」

井伊は開き直ったように笑った。

信平が訊く。

「もしや、北町奉行所与力が持っている物とくらべられましたか」

井伊は微笑を浮かべる。

「さすがは信平殿、耳に入っておられるか」

「今朝、知り合いの与力から聞きました。優れた刀に見えますが、まことに贋作ですか」

井伊はうなずいた。

「北町奉行から、本阿弥光悦お墨付きの露斬りが出たと言われまさかと思い、これを売った京橋の刀剣屋、佐村屋《さむらや》久兵衛《きゅうべえ》の店に宇佐美を遣わしたところ、もぬけの殻だったのだ。恥を忍んで打ち明けたのは、この話を信平殿に聞いてもらいたいと思うたからだ」

善衛門が口を挟む。

「では、茶会に誘うてくれとおっしゃったのは、そのためにございましたか」

井伊は善衛門に顔を向ける。

「その時は、まだ本物と信じておったゆえ、自慢をしとうて言うたのだ。贋作と知っても持ってまいったのは、酒の肴《さかな》にと思うてのこと。信平殿、どうだ、笑える話であろう」

襖の陰に隠れて話を聞いていた五味が、同輩に教えてやろう、と独りごちて帰ろうとしたが、

「贋作とは思えませせぬが」

そう言った信平の声を聞いて足を止め、襖の陰からふたたび顔を出した。

おかめ顔が視界に入る信平であるが、気にせず井伊に言う。

「試し切りをされましたか」

「いや。一度もしておらぬ」

「何せ、二千両の名刀と信じておられましたゆえ」

遠慮がちに言う宇佐美に顔を向けた信平は、刀を鞘に納めて井伊に返した。

「今から試し切りをしてみませぬか」

受け取った井伊が、望むところ、という顔でうなずいた。

信平は鈴蔵《りんぞう》を呼び、竹入畳表《たけいりたたみおもて》の支度を急がせ、調ったところで庭に出た。

鈴蔵が控えている場に進み、まずは井伊が、立てられている竹入畳表の前に立つ。

帯に刀を差し、息を整えるや、居合抜きに振るう。

斬り上げ、

「えい！」

返す刀で打ち下ろす。

二つ転がった竹入畳表の切り口は鋭い。

満足した顔で刀身を見上げた井伊は、鞘に納めて信平に振り向く。

「やはり、贋作とは思えぬ。試してみてくれ」

帯から抜いた刀を渡された信平は、抜刀して鞘を善衛門に預け、鈴蔵が立ててくれた新しい物の前に立った。刀を振り上げて袈裟《けさが》懸けに打ち下ろすや、手首を転じて左から右へ一閃《いっせん》した。

一文字に斬られた竹入畳表は、落ちることなく残っている。

鈴蔵が持ち上げて初めて斬られていることが分かるのは、信平の剣技が冴《さ》えているのもあるが、刀が良く切れる証《あかし》でもある。

改めて刀身を見つめた信平は、善衛門から鞘を受け取って納め、宇佐美に渡した。

「贋作と言うては、刀が泣きまする」

井伊は嬉しそうな顔をした。

「信平殿に言われて自信が持てた。本物に違いない」

廊下から見ていた五味が肩を落とし、縁側のそばに立っている善衛門の背中にため息を投げかけた。

「やはり同輩の露斬りが贋作でしょうな」

「うむ。ここから見ても、切れ味が尋常ではなかった」

「大番屋では、店のあるじが本物だと引き下がりません。そのことを信平殿の耳に入れようと来たというのに、とんだ無駄足でした。戻って店のあるじにこのことを教えてやり、罪を認めさせます。ではまた」

帰ろうとした五味に、井伊が声をかけた。

「待て！」

会話が耳に入っていたらしく、井伊は廊下に歩み寄る。

「おぬし、何者だ」

五味は廊下に出て正座し、北町奉行所与力の五味だと名乗った。

すると井伊は、これ幸いという面持ちをする。

「露斬りのお墨付きの刀を持っている者を知っておるか」

「はい。同輩です」

「その者を今すぐここへ連れてきてくれ。わしの刀とくらべて、はっきりさせたい」

五味は戸惑いを隠さない。

「今からですか。しかし、寝込んでいますから応じますかどうか」

「ならばこちらからまいる」

「それはお待ちを。周りは南町の与力もいますから、知られれば笑い物にされます」

「ならば連れてこい」

「分かりました」

五味は頭を下げ、与力を呼びに走った。

見送った信平が、井伊に顔を向ける。

「五味が戻るまで、一服いかがですか」

「ありがたい。喉が渇いておったところだ」

井伊は機嫌良く、座敷《ざしき》に上がった。

茶を点《た》てていると、井伊が五味との仲を訊いてきた。

江戸に来て間がない深川時代からの友だと教えた信平は、茶碗を差し出した。

受け取った井伊は、作法正しく茶を飲み、茶碗を膝に置いて眺めながら、感慨深げな面持ちをしている。

黙って見ていると、気付いた井伊が微笑んだ。

「身分を気にせず、家族同然に付き合える友がいるのは、うらやましいかぎり。わしには縁者しか、そのような者はおらぬ」

「麿でよろしければ、今日のようにいつでもお越しください」

井伊は驚いた顔をする。

「嬉しいことを言うてくれる」

茶碗を戻し、信平に明るい笑みを浮かべた。

「けっこうなお手前にござった。次は是非、わしが招きたいが受けてくれるか」

「喜んでうかがいましょう」

「では、近いうちに」

「楽しみです」

信平は茶碗に湯を流し、布で拭く。

それからはたわいもない会話をして、親交を深めた。

五味が戻ったのは、夕暮れが近くなった頃だ。

「早かったな」

と井伊が言う。時が経《た》つのを忘れるほどに、話が弾んだのだ。

五味に連れてこられた与力は、信平と井伊の前に背中を丸めて座り、

「北町奉行所与力、恩田六之介《おんだろくのすけ》にござい……」

ます、という言葉が聞こえぬほど、力抜けした声で名乗って頭を下げた。

井伊は信平に驚いた顔を向け、恩田のことを笑う。

「恩田六之介、何をそう落ち込むのか」

「わたしが贋作と知らず名刀と自慢したせいで、とんだ大ごとになってしまい申しわ

けございませぬ」

脱力して小さな声で詫びる恩田に、井伊はもどかしそうだ。

「何を言うておるのかよう聞こえぬが、まあよい。恩田六之介」

「はい」

返事をしても、顔は下を向いている。

「刀を見せてくれ」

言われてもまだ下を向いたまま、気が抜けたような座り姿だ。

五味が気を回して、恩田が右横に置いている太刀袋を引き取り、井伊の前に膝行して差し出した。

受け取った井伊は、落ち込む恩田に顔を向ける。

「見せてもらうぞ」

紐を解いて刀を取り出し、まずは外装を見る。次に鯉口を切り、抜刀した。

懐紙を唇に挟んでいる井伊は、真剣な眼差しを向けている。

横に座している信平が見ても、見事な刀身だ。

鞘に納めた井伊は、五味からお墨付きを受け取り、開いて確かめた。そして、納得したような顔でうなずく。

「いかがか」

訊く信平に、井伊は顔を向けて笑みを浮かべる。

「試し切りをして判断いたそう。恩田、よいか」

「いかようにも……」

「そう腐るな。おぬしも来い」

恩田を誘い、井伊は庭に出る。

鈴蔵が支度をして待っているところに行くと、居合抜きではなくゆっくり抜刀し、刀を上段に振り上げて打ち下ろす。

「えい！」

気合と共に、竹入畳表が斜めに切り落とされた。

信平の目にも、切れ味鋭いのが見て取れる。

刀を鞘に納めた井伊は、庭には出ず広縁に正座している恩田のところへ歩み、満足そうな顔で刀を差し出す。

「安心せい。この刀が本物だ」

恩田は驚いた顔を上げた。

「えっ」

「光悦のお墨付きがあるおぬしの刀が本物だと言うておる。騙されたのはわしじゃ」

刀を両手で受け取った恩田は、目に涙を浮かべた。

「まことでございますか」

「うむ。わしは本物と信じて二千両も出した。二百両は安い買い物ぞ。大切にいたせ」

喜びを隠せぬ恩田は泣き笑いの顔を五味に向け、下がって井伊に頭を下げた。

「ありがとうございます！　嬉しゅうございます！」

「うむ」

井伊は応じたものの、どことなく、おもしろくなさそうだ。

「宇佐美！」

「は！」

「それをよこせ！」

宇佐美の横に置いている贋作を指差す。

応じた宇佐美から受け取った井伊は、何をするのかと思いきや、

「贋作など、へし折ってくれる！」

怒り、持っている刀を抜くや、庭の石灯籠に向かって振り上げた。

「つあ！」

気合をかけて打ち下ろした刹那、軽い音が響いた。

井伊は、刀を打ち下ろしたまま動こうとしない。両肩を上下に揺する姿に、まさか男泣きしているのかと思った信平であるが、笑っている。

「信平殿、すまぬことをした」

そう言って振り向いた井伊の手ににぎられた刀は、折れていない。石灯籠の四角い笠の端が切れてなくなり、足下に転がっている。

信平は笑みを浮かべ、善衛門や五味たちが驚いた。

「見てくれ」

渡された贋作は、僅かな刃こぼれが見えるが、刀身は曲がってもいない。

信平はその出来栄えに驚き、感心した。

「恩田殿には悪いが、本物より優れているのではないでしょうか」

井伊は嬉しそうにうなずく。

恩田は肩を落とした。

「まことに、信平様のおっしゃるとおりかと。やはりそちらが本物ではないでしょうか」

信平が刀を返すと、井伊は嬉しそうな顔で刀身を見つめた。

「これが本物ならば、佐村屋久兵衛は逃げたりせぬはずじゃ。のう、信平殿」

「佐村屋は、まことに逃げたのですか」

信平の疑問に、宇佐美が答えた。

「隣の商家に問いましたところ、殿に刀を売りつけた日に姿を消しておりましたから、逃げたに間違いございませぬ」

「さようか。されど、井伊殿の刀がまことに贋作であれば、作った者は優れた腕の持ち主」

信平はそう言いながら、頭の隅では、気になる者の顔が浮かんでいた。

井伊が刀を鞘に納め、広縁に上がってきた。

「露斬りの作者はもうこの世におらぬ。ということは、金儲《かねもう》けのために贋作を作ったことになる。生きておるなら、わしの家来にいたそう。宇佐美」

「はは」

「なんとしても佐村屋久兵衛を探し出し、刀の出どころを突き止めよ」

「承知いたしました」

「信平殿、今日はよい日であった。次は是非、わしの招きに応じてくれ。それまでには、この贋作の名刀が誰の作か突き止めておく」

井伊はそう言い、嬉しそうに帰っていった。

見送りをすませて書院の間に戻ると、恩田が頭を下げて問う。

「まことに、わたしのが本物と信じてよろしいのでしょうか」

「井伊殿の刀と似ているが、お墨付きがあるそなたの刀が本物に違いない。捕らえている商家のあるじを帰してやるがよい」

恩田は明るい顔をした。

「ははは。本日はまことに、ありがとうございました」

立ち上がる恩田に、五味が言う。

「おれは夕餉を馳走になって帰るから、後は頼む」

「うん。迷惑をかけた分を返すから、今日の宿直は気にせずゆっくりしてくれ。では」

恩田は信平に頭を下げ、大番屋へ急いだ。

「やれやれ、これで一件落着ですな。お礼に、酒を買ってきます」

立とうとする五味に、善衛門が言う。

「まだ終わってはおらぬぞ。井伊殿が二千両も騙し取られたのだからな。佐村屋久兵衛を見逃してはいかんだろう」

「そのことですがね。なんだか井伊様が喜んでおられる風ですし、探し出すとおっしやっていましたから、奉行所が関わらないほうがよいのでは」

善衛門は腕組みをした。

「確かに、おぬしの言うとおりかもしれぬ。あの切れ味には驚いた」

信平たちは揃《そろ》って庭の灯籠へ顔を向ける。

鈴蔵が転がっているかけらを拾い、五味が受け取って見る。

「打ち下ろした衝撃で割れたのではなく、すっぱりと切れていますな。刀が優れているのもあるのでしょうが、井伊様の剣の腕は、相当なものでは」

善衛門が切れ端を受け取り、まじまじと見た。

「それはある。刀は、使う者によって切れ味がまったく違うからな。しかし、それにしてもだ、石をこのように切る刀は、そうそうあるものではない。恐ろしいほどの業《わざ》物《もの》じゃ。露斬りは戦国の時代に作られた物。その贋作を作った者が今の時代を生きておるかどうか分からぬが、もしも井伊殿が見つけ出されれば、それがしも会《お》うてみたい。殿もさように思われませぬか」

「そうだな。会うてみたい」

信平は、気になる者の名を言おうとしたが、確かめてからでも遅くはないと思い改め、口を閉ざした。

五

翌朝早く、一人で出かけた信平は、佐吉に教えてもらっていた鍛冶屋を訪ねに、市《いち》ヶ谷《がや》に向かった。

信政が師匠道謙のもとで修行を終えて戻ったあかつきには、良《い》い刀を持たせてやろうと考えていた信平は、京へ向かう支度をする佐吉から、一人の男を紹介されていた。

市ヶ谷に暮らすその者の名は次郎《じろう》。二十八歳の鍛冶職人だ。

刀ではなく、鎌や包丁を作ることを生業《なりわい》としているが、その切れ味は鋭く、農家の者や江戸の料理人から人気の職人で、作り方は刀と同じ鍛え方をしており、その腕は確かだ。

しかしながら、探求するあまり作る数が少なく、暮らし向きは苦しい。

信平は一度、佐吉の案内で鍛冶場を訪ねている。

大刀を頼むつもりだったが、次郎は刀は作らないと言って、請けてくれなかった。

その折に、次郎が作った包丁を見ていた信平は、どうにも気になり、一人で足を向けたのだ。

市ヶ谷の小高い場所にある尾張藩《おわりはん》の上屋敷《かみやしき》を左に見つつ堀端を歩み、市ヶ谷八幡社《はちまん》の門前に差しかかった。

祭事なのか、門前は人でにぎわい、子供たちが風車を持って走り回っている。

信平は門前から少し歩みを進め、左の道へ曲がった。

平地に並ぶ商家の前を抜け、武家屋敷が軒を連ねる坂をのぼると、突き当たりは払方町《はらいかたまち》だ。この町を抜けてしばらく歩いた先にある柳町《やなぎまち》に、次郎は小さな仕事場を構えている。

佐吉に案内された時と同じ道を歩み、武家屋敷の門前を通って程なく左に曲がり、町家が並ぶ路地に入った。

商家もあるが、ほとんどが民家の路地は静かで、人影もまばら。格子戸を開けて出てきた住人の女が、白い指貫《さしぬき》に黒の狩衣《かりぎぬ》を着ている信平を見て驚き、すぐに優しい笑みを浮かべた。

「良いお天気ですね」

信平は唇に笑みを浮かべて、軽く頭を下げた。

「まことに」

歩みを進める背中に視線を感じつつ路地を抜けると、次郎の家の屋根が右に見えてきた。

板塀で囲まれた家に向かっていくと、戸口から人相の悪い男たちが出てきた。その中の一人が振り向き、

「十日後に来る。分かったな！」

胴間声《どうまごえ》をあげて帰っていく。

その者たちの背中を見ながら歩み、戸口の前に行くと、次郎が気付いてばつが悪そうな顔をした。

「恥ずかしいところを見られました。今のは、金貸しの連中です。鷹司様、刀は断ると言ったはずです」

無下《むげ》に言って中に入った。

気になり、戸口から勝手に足を踏み入れた。土間の仕事場は、炭火の熱気が籠もっている。横目で信平を見た次郎は、何も言わず背を向けて床几《しょうぎ》に腰かけ、炭火に入れていた鉄の塊を取り出し、金槌《かなづち》で打ちはじめた。

鉄を打つ音が響く中、三月《みつき》前に来た時と様子が違うことに気付いた信平は、鍛えた鉄をふたたび炭火の中に入れた頃合いに、声をかけた。

「ちと邪魔をする。佐村屋久兵衛という刀剣屋を知っているか」

袢纏《はんてん》の袖で頬に流れた汗を拭った次郎は、知らないと答えた。

目を合わさずにしゃべる男ではなかったはず。

表情の変化を見逃さない信平は、じっと見つめて言う。

「ある大名が、露斬りという名刀の贋作をつかまされて嘆いていたゆえ、手助けのつもりで優れた鍛冶屋を当たっている」

すると次郎が、信平の目を見てきた。

「わたしは刀など作っていません。手を止めたくありませんので、どうかお帰りください」

「気分を悪くさせたならあやまる。疑っているのではないのだ」

次郎は立ち上がり、信平の前に来た。

「怒ってなどいませんから、お帰りを」

戸口を示されやむなく外へ出た信平は、また来る、という言葉を飲み込み、家路についた。

路地を歩いていると、背後から走る足音が近づくので振り向くと、農家の男二人が追い付き、立ち止まった。

十分な間合いを空けている二人は、疑うような顔を向けてくる。

「お公家様、次郎になんの用で来られたのです」

どこかで見ていたのだろう。

「作刀を頼みに来たが、断られた」

そう言って笑うと、二人の表情が一変して険しくなった。

「お前も仲間か！」

「この野郎！」

二人は叫び、右側にいる男が腰に隠し持っていた鎌を振りかざし、襲ってきた。

すかさず一歩踏み込み、振り下ろされる手首を受け止めた信平は、鎌の鋭い刃を見て、男に目を向ける。

「これは、次郎の鎌だな」

「離せ」

男が腕を振り払おうとしたが、信平の力に驚いた顔をする。

「麿は怪しい者ではない。それよりも、次郎の様子が気になる。何が起きているのか教えてくれぬか」

男が抵抗をやめて力を抜いた。

信平は手を離してやり、二人と向き合う。

「麿は、鷹司松平信平じゃ」

すると二人は、目を見開いて下がった。

「と、とんだご無礼を」

「お許しください」

「麿の名を知っているのか」

「ええ、そりゃもう」

「村の名主様から、江戸の町には偉《えれ》ぇお武家様がいらっしゃると、お名前だけは聞いています。わしは小七《こしち》、こいつは新八《しんぱち》といいます」

大柄の小七が教え、新八が懇願する顔をした。

「借財があるのかどうか知りませんが、次郎さんは二月も前に金貸しの連中に女房を連れていかれてしまい、返してほしければ刀を作れと脅されているんです」

だが、鍛冶場に刀らしきものはなかったはず。

そのことを言うと、小七が困ったような顔をした。

「おっしゃるとおりで、頑固に作らないものだから、女房のおつるさんが身売りされるかもしれないんです」

明るいおつるは村の者たちから人気があり、無口な次郎を助けて商いをしているらしく、鍛冶屋が続けられているのもそのおかげだという。

小七が手を合わせた。

「鷹司様、どうか、おつるさんをお助けください。自身番に訴えましたが、借財の形《かた》に女房を取られるのはよくある話だ、次郎さんに仕事をさせて、金を返させろと言うばかりで相手にしてくれません」

「お願いします。助けてください」

新八にも拝まれた信平は、十日後、と、やくざ者が言った言葉を思い出した。

「力になるゆえ、安心して帰るがよい」

二人は嬉しそうな顔を見合わせ、揃って頭を下げた。

信平は赤坂に帰り、善衛門と鈴蔵に次郎のことを話した。

善衛門が身を乗り出す。

「どちらにお出かけかと思えば、そういうことでしたか。その鍛冶屋が贋作に関わっていると睨まれ、足を運ばれたのですな」

「うむ」

「殿がそう思われたのならば、次郎とやらが作っていないというのは怪しいですな。佐村屋久兵衛が裏で糸を引いていたなら、二千両も手に入れておりますから、味をしめて次を作らせようとしているやもしれませぬぞ」

信平はうなずく。

「善衛門の筋読みどおりならば、次郎のことを井伊殿に話して助けてもらうこともできよう」

「なるほど、井伊家に召し抱えられれば、金貸しは恐れて女房を返しましょう」

「いや、麿が申しているのは借財のことのみ。妻女のことは、井伊殿を頼っている間はない。一刻も早く助けたいゆえ、鈴蔵、探りを入れてくれ」

「承知しました」

信平は立ち去る鈴蔵を目で追い、善衛門に顔を向けた。

善衛門が苦笑いをする。

「若君の刀を作るつもりが、思わぬことになりましたな」

「贋作に関わっておらぬことを願う」

案じる信平は、鈴蔵が去ったばかりの庭を見つめた。

六

見張りが付いたことを知るよしもない次郎は、翌日も、そのまた翌日も鍛冶場に籠もり、仕事に精を出していた。

心配して様子を見に来た小七と新八が仕事場に入っても、黙然と鉄を鍛えている。

新八が小柄な身体を両手で落ち着きなくさすり、いたたまれない気持ちをぶつけた。

「次郎さんそいつは、刀を作っているのかい」

切りがいいところで手を止めた次郎は、二人を見もしない。

「鮪《まぐろ》を切る包丁だ」

無愛想に言い、作業に戻る。

小七が期待する面持ちで歩み寄った。

「その刀みてぇな包丁は、きっと高い値が付くんだろう。どうなんだい」

「まあ、それなりにはなる」

「それじゃ、少しでも銭を返せば、奴《やつ》らも無理を言わずおつるさんを返してくれるかもな」

「さあな」

危機感のない様子に、新八が苛立《いらだ》った。

「こんな時に、包丁を作っている場合じゃないだろう。もう二月にもなるんだぜ」

「そう怒るな。鎌はその後で作る」

次郎の返事に、新八が怒気を浮かべた。

「そうじゃない。おれたちの鎌なんてどうだっていいに決まっているだろう。二月と言ったのはおつるさんのことだ。返してもらうためにも、刀を作れと言いたかったんだ」

次郎は唇に笑みを浮かべた。

「分かっているさ。だからはぐらかしたんだ」

「作らないのか」

「作るものか」

吐き捨てるように言う次郎に、新八がつかみかかった。

「女房のことはどうでもいいのかよ」

「おい、やめねぇか。やめろ！」

止めに入った小七が新八を離し、前に出ないよう抱き止めた。

「仕事の邪魔だ。帰るぞ」

「まだ話は終わっちゃいない。このままじゃ、おつるさんは女郎にされちまうんだぞ。刀をひとつやふたつ作ったところで死にゃしないだろう。何をこだわっているのか知らないが、おつるさんのほうが大事じゃないのか！」

熱く語る新八であるが、次郎は何も言わず作業をしている。

「おい、なんとか言ったらどうだ。おつるさんが心配じゃないのか。どうなってもいいのか」

「いいわけはないよなぁ」

戸口からした声に皆が顔を向けると、用心棒を連れた中年の商人がいた。

目つきが悪く、人を馬鹿にしたような笑みを浮かべている商人は勝手に足を踏み入れてくる。

浪人風の用心棒に睨まれた小七と新八は、恐れて逃げ帰った。

次郎は不機嫌な顔を向ける。

「金は必ず返す、女房を返してくれ」

「そうはいきませんよ。店の若い者が言った約束の日まではまだ七日ありますが、頼んだものは作りはじめているんでしょうね。江戸から出なきゃならなくなったので、仕上げを早めていただくために来ました。どこまでできているか、見せてもらいましょうか」

「仕上げてほしければ、先におつるを返してもらおう」

「てめぇ、何ぬかしやがる」

手下が怒鳴り、次郎の顔を殴った。

倒れそうになり寄りかかった台が倒れ、上に並べていた道具が音をたてて散らかった。

それを見た商人が、

「手荒なまねをするんじゃねぇ!」

殴った手下を叱り、平手で顔をたたいて下がらせた。

唇の血を拭う次郎に、商人は穏やかな顔を向ける。

「悪かったね、次郎さん。次で終わりにする。だから、前と同じ露斬りの贋作を、もうひと振り作っておくれ。それで二十両の借財はなし。女房も返す」

「女房を返すまで、刀は作らないと言ったはずだ」

曲げぬ次郎に、商人の顔から笑みが消えた。

「この佐村屋久兵衛も、なめられたものだ。金を貸してやった恩を忘れて何を言うかと思えば、困った人です」

「借りたのは五両だ。法外な利息を付けておきながら何を偉そうに言うか。偽物をいくらで売った。贋作とはいえ、出来栄えには自信がある。お前さんのことだから、借財を埋めても余るほどの値で売ったはずだ。いい加減にしないと、出るところに出るぞ」

「ふん。できるものならやってみなさい。こちらも焦っていますからね、言うことを聞かないと、美しい女房に何をするか分かりませんよ」

次郎は悔しそうな顔をした。

「女房を巻き込まないでくれ。頼む」

「だから言っているでしょう。道はひとつだ」

久兵衛は、用心棒が持ち上げた作りかけの長包丁に目を向け、次郎を見る。

「ちゃんと作っているじゃないですか。あと何日です」

「四日だ」

「二日後に来ます」

「無茶を言うな。できやしない」

「そこを仕上げるのが、職人というものでしょう。おつるさんのためにも、励みなさい。ああそうだ、三日前から、そこの先生とわたしとで、飼っている軍鶏《しやも》を戦わせて遊んでいます」

「それが何だと言うのだ」

「まあ聞きなさい。先生の女好きには困ったもので、わたしの軍鶏が勝負に負けた時は、おつるさんが身に着けているものをひとつ外させろとうるさいもので、仕方なく応じているのですよ」

「貴様!」

次郎は久兵衛に飛びかかろうとしたが、用心棒に当て身を入れられ、腹を押さえて倒れた。

苦しむ次郎を見くだす久兵衛が、痛そうな顔をする。

「わたしの軍鶏は、はは、お前さんのように弱い。あと四日もかかっていたのでは、おつるさんは素《す》っ裸《ぱだか》だ。美しい女の裸を見てしまえば、女好きの先生は手がつけられなくなる。悪いことは言わないから、急ぐことです」

久兵衛は次郎の肩をたたき、戸口から出ていった。

腹の痛みに顔をゆがめている次郎は、目に涙を溜《た》めて、悔しそうに叫んだ。

用心棒と手下たちは、あざ笑いながら出ていく。

地べたに横たわっていた次郎は、涙を拭い、辛《つら》そうに身体を起こした。仕事場の奥の暗がりに人の気配を感じ顔を向ける。

「誰だ」

声をかけると、暗がりから染み出るように人が出てきた。

その者は歩み寄り、座って見上げる次郎に言う。

「拙者は鈴蔵と申す。あるじ信平様の命で潜んでいた」

「信平様の」

「女房は助ける。佐村屋久兵衛の住処《すみか》を知っているなら教えてくれ」

次郎は首を横に振った。

「知りません」

「そうか。ならばここで待っていろ。いずれ信平様が来られる」

鈴蔵はそう言うと、戸口に向かった。

次郎は這《は》って戸口から出た。

「お頼み申します！」

そう叫び、目に涙を浮かべて見送った。

七

蠟燭《ろうそく》が惜しげもなく灯《とも》された部屋にいるおつるは、手足を縛られた状態で寝かされ、口にも猿ぐつわを噛《か》まされている。

今日から新しく見張りについた男が一人、おつるの身体をなめるように見ながら酒を飲んでいる。そこへ、肴の漬物を載せた皿を手にした仲間が戻り、思い出し笑いをした。

「なんだい、気持ち悪いな」

おつるから目を転じた男が怪訝《けげん》そうな顔で言うと、仲間の男は真向かいに皿を置いてあぐらをかき、楽しげに言う。

「旦那様に付き添っていた野郎から聞いたことがおかしくてな」

「だから、なんだと訊いているんだ」

「そう焦るな。まずは一杯注いでくれ」

漬物を口に放り込んで湯飲みを差し出す仲間に、見張りの男は酒を注いでやった。

ぐっと飲んだ仲間が、おつるに顔を向けて言う。

「次郎に仕事をさせるために、女房を裸にする賭けをしている話をしたらしい」

「はあ？」

「賭けに負けたら身に着けているものをひとつずつ剝がしているから、早くしねぇと、今日明日にも素っ裸になるって脅したらしい」

見張りの男がいやらしそうな目を向けた。

怯《おび》えて身を固くし、顔をそらすおつる。

見張りの男は立ち上がり、おつるの前であぐらをかいた。

「今日明日ってことは、今は下着一枚ってところか。このままじゃ旦那様が嘘つきになっちまうから、着物を脱がなきゃな」

濃紺の無地の小袖を着ているおつるの胸元に手を伸ばし、両手でぐっと開いた。

「白い肌がたまらねぇな」

猿ぐつわを嚙まされているため大声をあげられないおつるは、涙を流して抵抗した。

「大人しくしろ」

仰向けにさせて顔を平手でたたこうと手を上げた時、背後で仲間が呻《うめ》いた。何ごとかと振り向いた男の目の前に、黒装束のお初が立っている。

美しいお初の顔を見る間もなく蹴飛ばされた男は、転がった先にある床の間の柱で頭を強打し、白目をむいて気絶した。

外を見張っていた鈴蔵が、倒された二人を見て痛そうな顔をしている。

「相変わらず手厳しい」

お初は答えず、小太刀でおつるの縄を切り、猿ぐつわを外した。

着物の前を合わせたおつるが、頭を下げた。

「ありがとうございます」

お初は微笑む。

「見つからないうちに逃げましょう。立てますか」

「はい」

おつるは立とうとしたが、長いあいだ部屋に閉じ込められていたせいか、ふらついた。

手を引いて助けたお初は、肩を抱いて廊下へ出た。

鈴蔵が先に立ち、あたりを警戒しつつ進み、廊下の角で止まる。神田川のほとりにある家は、別宅とは思えぬほど大きい。久兵衛は今、用心棒と手下と共に母屋で酒を飲んでいて、騒ぐ声が漏れ聞こえてくる。離れにいる鈴蔵が見つめる先には、母屋の勝手口から出てきたばかりの女がいる。雇われている下働きの者らしく、井戸端で水を汲《く》み、忙しそうに戻った。

戸が閉められる音を聞いた鈴蔵が、手を振ってお初を促して歩みを進めたその時、先ほどの女がまた出てきた。

裏の木戸へ行こうとしていた鈴蔵と目が合うや、女は食器を載せていた折敷《おしき》を放り投げて大声をあげた。

「泥棒！」

どうやらおつるが捕らえられていることを知らないらしい。鈴蔵を盗っ人《ぬすっと》と勘違いした女は、大騒ぎで家の中に入った。

鈴蔵は慌てたが、

「行くよ」

お初は冷静に言い、おつるを連れて逃げた。

知らせを聞いた久兵衛の手下たちが路地へ出てきたが、そこにはもう、誰の姿もない。表へ追って出ても、夜の道におつるの姿は見えず、手下たちは悔しそうな声を吐いた。

離れでは、残された縄と無様な姿をさらす手下に、久兵衛が怒りの目を向けている。

「次郎め、誰かを雇いやがったな」

廊下にいる用心棒が、抜いていた刀を鞘に納めて横に並んだ。

「どうする。このままではまずいことになるぞ」

「焦ることはない。あの男は百姓や料理人から請け負っている仕事を投げ出して逃げたりはしないよ」

「なぜそうと言い切れる」

「わたしは人を見る目がある。次郎はそういう気性の男だ。今もきっと家にいるだろうから、こうなったら先生、押しかけて作らせようじゃないですか」

「井伊の馬鹿殿が言い値で買ったことに味をしめたな」

「わたしはね、手荒なまねはしたくないので借財を帳消しにして銭まで出すと言ったんだ。なのに奴は、言うことを聞かなかった」

「言うことを聞かぬことを恨みに思い、女房を攫《さら》ったのか」

「そういうことです。まあ、おかげで二千両丸儲けできた。奴にはこれからも、贋作を作らせてやりますよ」

久兵衛はそう言うと、手下を連れて家を出た。

「野郎ども、先回りをするぞ。賊はおつるを連れているのだ。女の足に負けるな」

用心棒が怒鳴り、一味は坂を駆け上がった。路地を抜けて市ヶ谷に急ぎ、次郎の鍛冶場に着いたのは四半刻《しはんとき》（約三十分）後。用心棒に顎で指図された手下が前に出て、閉《た》てられている表の戸を蹴破ろうとした時、中から開けられた。

あっ、と声をあげて下がる手下の前に出たのは、白い狩衣姿の信平と、紫房の十手《じって》を持った五味だ。

町方与力の五味を見た久兵衛は、しくじったという顔を用心棒に向ける。

用心棒は鼻で笑い、

「心配するな。わしが始末してくれる」

言うや抜刀して前に出る。

斬りかかられた五味は十手で受け止め、焦った顔をした。

「奉行所与力にいきなり斬りかかるとは、とんでもない悪人だな」

「ふん、役人などくそ食らえ」

押しに押し、離れたところで刀を振り上げた。

気合をかけて打ち下ろす刀をかわした五味は、信平の背後に隠れた。

用心棒は刀を向けて睨んだが、信平は動じず立っている。その涼やかな面持ちに、用心棒は顔をしかめた。

「狩衣なんぞ着てそれ相応の家柄の者だろうが、身分などわしには通用せぬぞ。死にたくなければそこをどけ」

信平は答えず、顔を久兵衛に向ける。

「井伊土佐守殿が捜しておられるゆえ、まいろうか」

「貴様、馬鹿にしておるのか」

用心棒が怒鳴るや斬りかかったが、信平は見もせず身を引いてかわした。

空振りした用心棒は、頭に血が上った様子。

「おのれ！」

叫んで、ふたたび斬りかからんと刀を振り上げた刹那、信平が懐に飛び込み、当て身を入れた。

その強烈さに用心棒は呻き、刀を落としてうずくまり、息ができぬと言いながらのたうち回った。

頼りにしていた用心棒がたったの一撃で倒されたことで、手下たちは信平から下がった。

久兵衛は、化け物でも見るような目を信平に向けて下がり、手下をつかんで前に出し、自分だけ逃げようとした。そこへ、御用、と書かれたちょうちんを持った町奉行所の者たちが辻《つじ》を曲がって現れ、一味を取り囲んだ。

五味が信平に笑みを浮かべてうなずき、前に出る。

「久兵衛とその手下ども。鍛冶屋次郎の女房つるをかどわかした罪で捕らえる」

十手を振るって指図する五味に従い、同心や捕り方が一味を捕まえた。

縄を打たれた久兵衛に五味が言う。

「吟味した後は、贋作を売りつけた近江朽木藩に引き渡すからな。覚悟しておけ」

久兵衛は顔をゆがめ、がっくりとうなだれた。


同心たちに連れていかれる久兵衛を戸口で見ていた次郎とおつるが出てきて、信平に頭を下げた。

次郎が顔を上げて言う。

「お助けくださりありがとうございます」

ふたたび頭を下げる次郎に、五味が訊く。

「次郎、ひとつ訊くが、久兵衛が贋作を本物と偽って商売をすると知っていて、露斬りを作ったのか」

次郎は何も言わず、顔を上げようとしない。

五味はため息をつく。

「その様子では、知っていたのだな」

「逃げも隠れもしません。どのような罰も受けます」

両手を差し出す神妙な態度に、五味は穏やかな顔をする。

「おつるさんを攫われて、仕方なくやったんだろう。そうだよな」

「井伊様に高く売ったことは久兵衛から聞いています。たとえ理由がどうであろうと、贋作を手にされた井伊様のお気持ちを思うと、許されぬこと。罰を受けます」

「そうか。では、行くか」

手を引こうと歩み出る五味を信平が止めた。

「井伊殿は、悲しんでも怒ってもおられぬ。名刀だとおっしゃり、むしろ喜んでおられた」

神妙な顔をうつむける次郎に対し、五味は明るい顔をした。

「そういえば井伊様は、贋作を作った者を召し抱えたいともおっしゃっていましたな」

「喜んでおられる品を作った者を、罪に問えるか」

信平が笑みを浮かべると、五味も笑ってうなずく。

「人の女房をかどわかした久兵衛とは違い、次郎がしたことは罪とは言えませんな。何せ井伊様が喜んでいらっしゃいますから。次郎、そういうことだから、安心しろ」

呑気《のんき》な口調で言う五味に、次郎夫婦は驚いた顔を見合わせた。そして、信平に頭を下げた。

「お助けくださり、ありがとうございます。このお礼に、ご子息の大刀を作らせていただきます」

「麿は当たり前のことをしたまで、礼などいらぬ」

「それではわたしの気がすみませぬ。是非とも作らせていただきます」

「信平殿、願ってもないことではないですか」

五味に促され、夫婦にも改めて頭を下げられた信平は、微笑んだ。

「では、楽しみに待たせていただく」

五味が嬉しそうにうなずき、次郎に顔を向けた。

「次郎、こころしてかかれよ。鷹司家の跡を継ぐ若君にふさわしい刀をな」

次郎は五味にうなずき、決心した面持ちを信平に向けた。

「わたしの持てる力を尽くしまする」

八

数日が過ぎた。

鷹司家にふさわしい大刀を作るべく鍛冶場で汗を流している次郎は、何かに取り憑《つ》かれたような面持ちで作業を進め、女房のおつるさえも近寄らせない。

そして仕上げの磨きも、すべて一人でやってのけた次郎は、紙で刀身を拭い、鬼気迫る鋭い眼差しを向けてしばらく眺め、満足したようにうなずいた。

後は銘を刻めば完成なのだが、鏨《たがね》を茎《なかご》に当てたまま手が止まった。

板の間から隠れて見ていたおつるが、夫が悩み苦しむ様子を心配し、たまらず声をかけた。

「お前様、どうされたのです」

すると次郎が、驚いたような顔を向けた。

「いや、なんでもない」

ふたたび茎に向かい、刻んだ銘は次郎だ。

「満足できる刀ができた。さっそくお届けに上がる」

「では、お支度を」

次郎は汗を流し、おつるの手を借りて清潔な小袖に着替え、無紋の羽織を着けた。鞘師《さやし》に作らせていた白鞘《しらさや》に刀を納め、太刀袋に入れておつるに微笑む。

「日が暮れるまでには戻る。今夜は酒を飲みたい」

「支度をして待っています」

おつるは鬢《びん》の乱れを見つけて、櫛《くし》で直してくれた。

次郎は笑みでうなずき、家を出た。納得のいく品ができたことに、足取りは軽い。

赤坂御門に近い町中を歩いていると、背後から近づいた者が追い抜きざま目の前に手を差し伸べ、次郎の胸を押さえて止めた。

突然のことに驚いて見ると、薄紫の長羽織に紺の袴を着け、束ねた髪を背中まで垂らしている男だった。

色白の、見覚えのある横顔に息を呑《の》んで動けないでいると、男は正面に立ち、真ん中で分けた前髪の奥にある鋭い目を向けてきた。そして、唇に笑みを浮かべる。

恐れて下がった次郎は、きびすを返して逃げようとしたのだが、男は通りを行き交う人目もはばからず抜刀し、背中を峰打ちした。

持っていた刀を落とし、呻き声もなく倒れる次郎を受け止めたのは、襲った男の配下。

跡をつけてきたらしく、用意されていた駕籠《かご》に次郎を押し込むと、足早に去った。

落ちている刀を拾った男は、太刀袋の紐を解いて柄をにぎり、白鞘から半分抜いて刀身を見るや、嬉々《きき》とした目をした。

遠目に集まる野次馬に一瞥《いちべつ》くれると、刀を納めてその場から走り去った。

おつるが信平を訪ねてきたのは、朝餉をすませた時だ。

訪問を知らせたお初が、次郎が昨日、出来上がったばかりの刀を信平に届けると言って出かけたきり帰らないことを教えた。

「まさか、久兵衛に仲間がいたということか」

信平は、油断したと後悔し、おつるがいる表玄関に急いだ。

軒下で待っていたおつるが頭を下げる。

式台まで出た信平が詳しく聞こうと声をかけようとしたところへ、門番の八平《やへい》が来た。

「井伊土佐守様がおみえになりました」

八平に遅れて来た井伊が、信平の顔を見るなり歩みを早めた。軒先で場を譲るおつるを横目に中に入り、嬉しそうに言う。

「おかめ顔の北町与力から佐村屋久兵衛のことは聞いたか」

「さして調べもせず、井伊殿に引き渡したと聞いています」

「いかにも。そうするよう頼んでいたからな」

贋作をつかまされたことが広まらぬためだと、信平は五味から聞いている。

「まずはお上がりください。おつる殿も」

井伊が恐縮するおつるに振り向く。

「邪魔はせぬ。ここで帰るゆえ待っておれ」

そう言うと信平に向き、続きを話した。

「久兵衛をきつく調べたところ、腕のいい鍛冶職人がいると聞きつけて家を訪れ、その時たまたま作っていた鮪用の長包丁の見事さに驚き、贋作を作らせる悪事を思いついたらしい」

「さようでしたか」

「話はまだ終わっておらぬ」

井伊は式台に腰かけ、持っていた太刀袋から例の贋作を出した。

手早く柄を外し、茎をさらして見せる。

「名刀に新たな銘を刻むため刀工を屋敷に招いたところ、思わぬことが分かったゆえまいったのだ。この露斬りの贋作、とんでもない業物であったぞ。鍛えた者は、京で知る人ぞ知る名工、三倉内匠助長胤《みくらたくみのすけながたね》だった」

「なんと」

信平は耳を疑った。三倉内匠助長胤とは、帝《みかど》の守り刀を収めたこともあるほどの者。

「何かの間違いでは」

「間違いではない。ここを見てくれ」

茎に刻まれた銘は、本物の露斬りの作者である丹後守定光《たんごのかみさだみつ》。

井伊が指差している丹後の文字の横に、波打った三の文字が小さく刻まれていた。

「何かの模様かと思うていたが、刀工が言うには、これこそが、三倉内匠助長胤が鍛えた証しだそうだ。三倉は、己が鍛えた刀が悪用されたと知って都落ちし、行方が分からなくなっているらしい。わしは本人か確かめたくなり、先ほど、久兵衛が白状した鍛冶屋に行ったが留守だった」

「では、次郎が……」

信平が言うと、軒先にいたおつるが泣き崩れた。

何ごとかと驚く井伊に、信平は三倉の妻女だと教え、昨日から家に帰っていないと告げた。

井伊はおつるのもとへ行き、片膝をついた。

「心配であろう。わしが見つけ出すゆえ、行き先に心当たりがあるなら教えてくれ」

おつるは首を横に振った。

「わたしは、次郎という人しか知りませぬ」

「何、では、刀工だと知らずに夫婦になっていたのか」

「夫の次郎は、何も言わず家を空けるような人ではございませぬ。人違いにございます」

泣きながら言うおつるに、井伊は困り顔をした。立ち上がって信平のところへ歩み寄り、小声で言う。

「おそらくこたびのことで、名が知られると思いどこぞに逃げたに違いない。あと一日早く動いておればよかった」

だが信平は、仕上がった刀を届けると言って出かけた者が、そのままどこかへ行ってしまうだろうかと疑った。

「井伊殿、久兵衛には、他に仲間がおりませぬか」

「それはない。奴は誰かをかばっている風ではなかった」

「さようですか」

「まさか、誰かに攫われたと思っているのか」

「刀工が申した、都落ちをしたわけが気になります」

信平は、三倉内匠助の身に悪いことが起きたのではないかと、案じずにはいられなくなった。

第二話　猿と姫

一

江戸城桜田御門内の大名小路《だいみようこうじ》を、登城する大名の行列が進んでいる。聞こえるのは着物と袴の衣擦《きぬず》れと足音、そして、六尺《ろくしやく》たちが担ぐ大名駕籠がきしむ音。先ほどまでしていた烏《からす》の声は行列が近づくとやみ、烏は大名屋敷の長屋塀の屋根から見ている。

粛々と進む大名行列を、道ばたで土下座して、通り過ぎるのを待つ者たちがいる。黄ばんだ色の、だぶついた着物に白い股引《ももひき》を穿《は》いている二人組は、行列の最後尾が目の前を通り過ぎると横を向いて見送り、離れたところで立ち上がる。無言のまま、傍らに止めている荷車を押し、大名屋敷の土塀沿いを桜田門に向かって進む。そして、大名屋敷の表門の前で立っている門番に頭を下げて通り過ぎるのかと思いきや、手前で止まり、ふたたび道ばたで土下座した。

先ほどの大名行列が遠く小さく見えるほどあいだを空けて来たのは、次期老中と言われる豊田《とよだ》備中《びっちゅうの》守《かみ》盛正《もりまさ》の行列だ。

五つ菱《びし》の家紋を見てそれと気付いた門番たちが、頭を下げる。

あるじを乗せた駕籠が大名屋敷の門前にさしかかったその刹那、荷車に載せられていた木箱の蓋が落ち、中から一人の男が出てきた。

黒装束に覆面の男は、総髪を後ろで束ねている。落ち着き払った眼差しで大名駕籠を見据え、抜刀して飛び降りる。

行列は騒然とした。

「曲者《くせもの》じゃ！」

「殿をお守りしろ！」

「おのれ！」

警固の者たちが刀の柄袋を取ろうと焦る。

迫る刺客は一人斬り、刀を転じて二人目を斬り伏せる。

柄に手をかけて抜こうとしていた三人目が胸を突かれ、断末魔の悲鳴をあげた。

大名屋敷の門番が大ごとだと叫んで下がり、邸内に助けを呼びに入ろうとした背中に、荷車を引いていた二人組が投げ打った刃物が突き刺さった。

呻いて倒れる門番に目を見張ったもう一人の門番が、死の恐怖に悲鳴をあげて小路に逃げた。

向けて投げられた卍《まんじ》形の飛び道具が迫り、門番の首筋をかすめて、投げた者に戻ってゆく。

血しぶきが大名家の小者にかかり、門番は声もなく倒れた。

戻った卍形の飛び道具を片手で受け止めた曲者は、仲間と共に大名屋敷の門に走り、脇門と大門が開けられぬよう外から楔《くさび》を打ち付けた。その手際のよさは、豊田備中守を狙うため用意周到に動いていた証し。

中から開けろと騒ぐ声を背中で聞きながら、二人の男は、小路で続く凶行を見守った。

僅かなあいだに八人の侍を斬り伏せた刺客は、残る小者どもを見る。

剣術もろくにできぬ小者たちは、命が惜しくて逃げだす者、その場にうずくまって命乞いをする者ばかりだ。

邪魔をせぬと見て、刀を逆手に持ち替えた刺客は、小者たちを睨みながら切っ先を大名駕籠に突き入れ、引き抜く。刀を振るって血を落とし、鞘に納めようとした時、門前で見守っていた二人のうち一人が声をかけた。

「杀了他《しやあれたあ》」

一瞥した刺客は、言われたとおりに、小者たちを皆殺しにせんと迫る。だが、剣気に気付いて足を止め、桜田門のほうへ振り向いた。

助けに駆けつけたのは、紫の狩衣を着けた信平だ。

刀を構えた刺客が、迫る信平に猛然と斬りかかった。

狐丸を抜きざまに弾《はじ》き上げた信平は、右手を返して打ち下ろす。

飛びすさった刺客。

信平は地を蹴って飛び、腹を一閃する。

刀で受け、さらに間合いを空けた刺客。黒い覆面の奥にある目は、信平を前にしても落ち着いている。

信平は左足を前に出して腰を落とし、狐丸をにぎる右手を背後に隠して左の手刀を立てて、低く構える。

対する刺客は、足を揃えて正面を向き、何かの儀式のように刀身を顔の前に掲げるや、刀をにぎっている右手を大きく横に開いて頭上に振りかぶり、ゆっくり下ろして正眼に構えた。

一連の動作で刀身を見ていた信平は、どこか露斬りに似ている気がした。

「三倉内匠助長胤の太刀か」

そう訊くと、刺客の目に動揺が浮かんだ。それはほんの一瞬のことであり、信平の目には、微笑んでいるように見えた。

その刹那、鋭い刃物が風を切る音が迫り、信平は咄嗟《とっさ》に、狐丸で弾き飛ばした。

卍形の飛び道具が地面に落ちたが、別のものが前後から迫る。

開脚して頭上にかわす信平の目に、回転する卍形の飛び道具が交差し、投げた者の手に戻るのが見えた。

刺客はその隙に下がり、走り去る。

立ち上がる信平を見て、二人の仲間はふたたび卍形の飛び道具を投げようとしたが、鈴蔵が投げた手裏剣に気付いて刃物でたたき落とし、刺客が去った道へ逃げた。

善衛門が遅れて来ると、両膝に手をついて辛そうな息をする。

登城のため桜田門を潜っていた信平は、遠く離れた場所であがった悲鳴と怒声を耳にするや、善衛門を置いて駆けつけていたのだ。

「殿！」

狐丸を納める信平の背後で、大名家の者たちの悲痛な声がした。

戸が開けられた大名駕籠の中では、豊田備中守が腹を押さえて呻き、口から血を流した顔をゆがめている。

「善衛門」

「心得ました」

信平の意中を察した善衛門が助けを求めに大名屋敷の門へ向かったが、門扉が開かないことに気付いた。楔が打たれていることを知り、小路に振り向いた善衛門は、落ちている行列の槍《やり》をつかんで戻り、楔に突き立てて抜きにかかった。

鈴蔵も助けて門扉をこじ開け、中から出てきた大名家の家来たちに助けを求める。

「豊田備中守殿が襲われた。手を貸してくだされ」

善衛門の叫びに目を見張った家来たちが、駕籠に駆け寄る。

「このまま運べ。急げ」

「はは」

上役の命に応じた家来たちが前後に分かれ、豊田備中守は駕籠に乗せられたまま運び込まれた。

すぐに医者が呼ばれるのを見届けた信平は、大名家の者に託し、善衛門と鈴蔵を供に城へ向かった。

将軍家綱へ月次御礼《つきなみおんれい》をするために登城していた信平は、思わぬ場に出くわしたのだ。

豊田備中守の家来たちは、あるじの身を案じつつも、信平に頭を下げて見送った。

小路を歩む信平が気になったのは、豊田備中守と、斬られた家来たちのことはもちろんだが、刺客が持っていた刀のことだ。

三倉内匠助を攫った者と、関わりがあるのではないか。

そう思い、善衛門に刀のことを教えた。

すると善衛門は、深刻な面持ちを向けてきた。

「備中守殿を守ろうとして倒された者の傷口を見ましたが、恐ろしいほどのものでした。中には、防護金具ごと手槍を真っ二つにされ、肩は骨まで断ち切られた者もおり、刺客の腕もありましょうが、かなりの業物でなければ、ああはできないかと」

信平はうなずいた。

「刺客が持っていた刀は、大きな刃こぼれがしたようには見えなかった。あれはやはり、三倉内匠助が鍛えたものに違いない」

「殿の狐丸は、いかがか」

信平は抜刀し、善衛門に渡した。

立ち止まって刀身を見た善衛門は、感心の声を吐く。

「刃こぼれひとつしておりませぬな」

「おかげで助かったのだ。豊田殿の家来の中には、槍と同じように刀を真っ二つにされた者もいる」

「井伊土佐守殿が庭の石灯籠を断ち切ったのは、腕だけのことではないという証しですな。何者か知りませぬが、三倉殿を攫ったのは、優れた刀をより多く作らせるためではないでしょうか」

「だとすると、何が狙いなのか」

「それは、分かりませぬ」

善衛門は渋い顔をしている。

「豊田備中守殿は、政《まつりごと》に優れたお方。いずれは、筆頭老中になられる器とも聞いている。そのようなお方を襲った狙いは、何だろうか」

信平は考えつつ、登城した。

だが、答えに行き着くほど、豊田備中守のことを知らぬ。

本丸に行けば、何か耳に入るやもしれぬと考え歩みを進めた信平は、登城の供をしてきた大名旗本の家来たちが集まる大手門前に到着した。

豊田備中守襲撃の報は届いておらず、門前で待つ者たちは穏やかな顔で世間話をしている。

信平は鈴蔵と別れ、ここからは善衛門と二人で城内に入った。

大名が登城の途中で刺客に襲われ、不覚にも負傷をすることは大きな恥。御家の存続に関わることゆえに、信平は、己の口から公儀へ知らせるつもりはなかった。

善衛門ともそう示し合わせ、控えの間で装束を整えると、儀式にのぞんだ。

本丸白書院にて、将軍家綱に月次のあいさつを終えて下がろうとした信平は、大老、酒井雅楽頭《さかいうたのかみ》に呼び止められ、豊田備中守を助太刀したことを褒められた。

あの場には、豊田家の行列だけだったはず。怪我《けが》を負った豊田が担ぎ込まれた大名家から早くも知らせがあったのだろうと思っていると、頭脳明晰《めいせき》で感情を顔に出さぬ酒井大老が珍しく表情を曇らせ、ひとつ深い息を吐いて信平に言う。

「先ほど、備中守殿が担ぎ込まれた家の者が知らせてまいった。備中守殿とその家来五名が、手当ての甲斐《かい》なく落命したそうじゃ」

落胆した信平は、下を向いた。

「下手人を取り逃がしたこと、申しわけございませぬ」

酒井大老が信平を見つめる。

「備中守殿の馬廻《うままわ》り衆は、名うての遣い手揃いであった。にもかかわらず、五名も落命したのだ。逃げられたのは仕方のないことよ」

「おそれいりまする」

頭を下げる信平に、家綱が言う。

「信平」

「はっ」

「備中を斬った者の顔を見たか」

「覆面をしており、人相までは分かりませぬものの、目は忘れませぬ」

「町中で見分けがつくか」

「ご命令あらば、必ずや見つけ出しまする」

「もはや、江戸にはおらぬやもしれぬ」

嘆き気味の家綱に、信平は両手をつく。

「申しわけございませぬ」

「このことはもうよい。備中守のことは、大目付に調べさせる」

「はは」

「雅楽頭」

家綱に促された酒井が頭を下げ、信平に顔を向けて告げた。

「備中守殿の家来たちが皆殺しにされそうになったところを、貴殿が助けたとも聞いている。よって、褒美としてかねてよりの願いを叶《かな》える。いつなりと宇治の領地へまいるがよい」

信平は家綱に頭を下げた。

「ありがたき幸せにございます」

家綱はうなずき、声をかけた。

「豊田備中を襲った者を退けたことで恨みを買ったやもしれぬゆえ、くれぐれも気をつけるように」

意味深な言葉に、信平は両手を膝に戻し、酒井に顔を向けた。

「備中守殿が命を狙われた理由をご存じならば、お教え願えませぬか」

すると酒井は、右手の指先で頬を掻《か》きながら、目をそらした。

「備中守殿は周知のとおり権力《ちから》を付けてきておったゆえ、妬む者がおったのであろう。上様がおっしゃるとおり、探索は大目付にさせるゆえ、領地を見てまいるがよい」

それ以上訊くことは許されぬ空気を感じた信平は、改めて家綱に頭を下げ、白書院の間から出た。

控えの間に戻るべく廊下を歩いていると、庭に面した柱のところで正座していた茶坊主が立ち上がり、頭を下げ気味に歩み寄ってきた。

「鷹司殿、板倉《いたくら》老中がお呼びでございます」

信平が懇意にしている板倉重矩《しげのり》のことだ。

快諾し、案内に従って御用部屋に行くと、板倉は一人で待っていた。

中に入ると茶坊主が障子を閉め、去らずに廊下を見張る影が映る。

「これへ」

板倉に正面を示された信平は、向き合って正座した。

「宇治の領地へ行くことはどうなった」

公儀へ願いを出す時に板倉を頼っていたため、気にしていてくれたのだ。

「おかげさまで、先ほど許しを賜りました」

「おお、それはよい。いつ発《た》つ」

「まだ決めておりませぬ」

「では、明日にでも発ってくれ」

焦った様子に、信平は板倉の目を見た。板倉は、険しい顔をしている。

「いかがされました」

「三倉内匠助のことだ。攫った者が箱根の関所を越えようとしていた時、三倉内匠助が名乗り出て助けを求めたが、調べに当たっていた役人が斬殺されてしまったのだ」

賊どもは、逃げようとした三倉内匠助を脅し、役人の追跡を振り切って上方《かみがた》方面へ逃げたという。

悔しそうな面持ちで教えた板倉に、信平は疑問をぶつける。

「もしや御老中は、都落ちされた三倉殿を捜しておられたのですか」

すると板倉は、神妙な顔をした。

「京の所司代からの要請で動いておった」

かつて京の所司代を務めていた板倉重矩は、朝廷から三倉を捜してほしいと頼まれた現在の所司代永井伊賀守尚庸《ながいいがのかみなおつね》から要請を受け、諸大名や交代寄合の旗本に通達して日ノ本中を捜させていたのだという。

黙って聞いている信平に、板倉はさらに言う。

「三倉内匠助が江戸にいたとは、痛恨の極み。攫《さろ》うた者たちのたくらみが何か分からぬが、三倉内匠助は、帝が伊勢神宮《いせじんぐう》に奉納する神剣を依頼されており、完成間近で突然姿を消したらしいのだ。帝は、来年早々に使者を伊勢に遣わされる。よって、早急に見つけ出さねばならぬのだ。力を貸してくれるな、信平殿」

「むろんにございます」

快諾した信平は、安堵《あんど》する板倉に豊田備中守を襲った者のことを教えた。

刺客が持っていた刀のことを聞いた途端に、板倉の顔から安堵が消え、探る目を向けてきた。

「そなたは、三倉内匠助が鍛えた刀を見たことがあるのか。上様も拝まれたことのない代物だぞ」

「そうとは知らず、息子信政に持たせる刀の制作を頼んでおりました」

井伊の恥になることは言わず、たまたま佐吉から教えられて訪ねていたことを教えると、板倉は驚いた。

「町中に隠れて、鎌や包丁を作っていたのか」

「はい」

板倉は信じられぬ、と言って呻いたが、信頼する信平が言うことだけに納得した。

「町に隠れ住んでいたところを見つかり、攫われたか」

「豊田備中守殿を襲った者と、三倉殿はどのような関わりがあるのですか」

信平の問いに、板倉は渋い顔をした。

「まったく分からぬ」

「では、京から姿を消したわけはご存じですか」

「永井殿が申すには、帝に頼まれた神剣が元ではないかというが、想像にすぎぬ。朝廷の者も、真相は分かっておらぬようだ」

板倉が真相を隠している様子はないと見た信平は、考えを述べた。

「三倉内匠助が鍛える刀は、実戦向きの剛剣。豊田備中守殿を襲った者がこれを手にしていたのは、偶然とは思えませぬ。優れた刀をより多く作らせるために、攫われたのではないかと」

板倉は、表情に険しさを増した。

「襲った者どもが何かよからぬことをたくらみ、それを実行するために、よう切れる刀を集めていると申すか」

「憶測にすぎませぬが」

板倉は顔をしかめた。

「この泰平の世に、戦でもはじめる気の輩《やから》がおると申すか」

「ただ単に、三倉内匠助に神剣を作らせぬためならば、攫いはしないかと」

板倉は腕組みをした。

「確かに、そなたの言うとおりだ。生かして連れ去るということは、刀を作らせるのが目当てであろう。徳川を相手に戦をはじめるとは思えぬが、次期老中といわれた豊田殿が斬殺されたことと繋《つな》がっておるなら由々しき事態。我らは江戸で調べを進めるゆえ、そなたは三倉内匠助のことを頼む。わしの勘が正しければ、京に連れ戻されておろうからな」

「三倉殿のことを何も知りませぬゆえ、詳しいことをお教えください」

「帝の刀匠を務める家の当主としか聞いておらぬ。わしが京におった時は、他家の者が務めておったゆえ面識もない。詳しいことは、伊賀守殿に聞いてくれ。これが、諸侯に渡されている人相書だ。本人か」

手箱から渡された紙に描かれている人物は、細面で、穏やかな表情をしている。

受け取った信平は、うなずいた。

「よう似ています」

「そうか。では頼む。必ず見つけてくれ」

「承知しました」

辞した信平は、急ぎ赤坂の屋敷へ帰った。そして未明に、善衛門とお初、そして松姫に留守を託し、鈴蔵のみを連れて京へ馬を馳《は》せた。

二

江戸を発って僅か五日で京に到着した信平は、二条城のそばにある所司代の役宅へおもむき、永井伊賀守と対面した。

信平が来たことを歓迎する永井だったが、三倉内匠助のこととなると態度を一変させ、表情を曇らせた。

「なるほど、江戸に隠れておられましたか。それで、板倉様はそなた様に託されたのですな」

「はい」

「されど、三倉殿を連れ去った者が京に入ったならば、ここは、それがしにお任せを。所司代の名にかけて必ずや賊どもを見つけ出し、三倉殿をお助けして帝のもとへお連れいたします」

「麿も与力いたしましょう。三倉殿について、詳しいことをお教え願えませぬか」

「御老中から聞いておられませぬのか」

「帝の神剣が関わっているのではないかというのは聞いておりますが、本人について詳しいことは、そなた様からうかがうようにとおっしゃいました」

永井は目を下げ、指先で右の頰をかいた。

「三倉殿はいろいろ複雑でしてな、まあそれはさておき、都落ちした事情は、想像するしかありませぬ。正直申しますと、我らもなんら分かっておらぬのです。弟の麻也《まや》殿と三条の屋敷で二人暮らしでしたが、伊勢神宮へ奉納される神剣のことは、どこで鍛えているのかも知らされておらず、朝廷から三倉殿を捜すよう依頼されて、初めて知った次第。所司代としてまったく面目ないことではありますが、何せ神事ゆえ、これぱかりは」

この世の不思議とばかりに言う永井に、信平はうなずく。いかに徳川とて、踏み入ることを許されぬことがあるのだ。

信平は己の想像をぶつけてみた。

「帝のおんために鍛えた刀を悪用されたことが、出奔の理由とは考えられませぬか」

「悪用？」

意外そうな顔をする永井に、信平は江戸で起きた事件のことを教えた。

豊田備中守が斬殺されたことを知らなかった永井は絶句し、三倉が鍛えたと思われる刀が使われた疑いには、深刻な顔をした。

「いや、それは考えられませぬ。伊勢神宮奉納のために依頼された刀は、まだ出来上がっていないはず。それは確かなことです」

言い切る永井に、信平はうなずく。

「では、三倉兄弟の身によほどのことがあったか」

考える信平に、永井が真顔を向ける。

「探索は、こちらにお任せください。この件については、手出し無用にございます。せっかく来られたのですから、どうぞ、ご領地にてゆるりとなされませ」

京のことは誰の手も借りぬ、という態度に、信平は抗《あらが》わなかった。

「では、何か手伝うことがあれば遠慮なく」

「そうさせていただきます」

笑顔の永井であるが、おそらく頼ってはくるまい。

信平は引き下がり、役宅を後にした。

京の町中は、変わらずにぎやかだ。

江戸の町中では、商家の店先に荷車を止めっぱなしにしていると気の荒い者たちに怒鳴られるせいでめったに見ないが、京では多く見かけ、行き交う人たちは慣れた様子で荷車をさけて歩く。

のんびりとした様子を見ながら馬に乗る信平を、手綱を引く鈴蔵が見上げてきた。

「所司代殿は、何かつかんでおられましたか」

「なかなか腹の底を見せてくれぬ御仁じゃ。与力は無用と断られた」

「では、気にせずゆるりと過ごされますね」

「いや、そうはいくまい」

独自で捜す気になっている信平は、馬を預かってくれる者のところに立ち寄り、そこからは徒歩で四条へ向かった。

祇園社を抜け、裏手に暮らす陰陽師《おんみようじ》、加茂光行《かものみつゆき》宅を訪ねたのは、昼過ぎだ。

石畳の路地を歩いて行くと、表門の前で加茂光行が待っていた。

信平を見るなり、満足そうな笑みを浮かべる。

「そろそろじゃと思うて、待っておったぞ」

訪問を知らせるまでもなく、すべてお見通しというわけだ。

信平は笑顔で頭を下げた。

「相変わらず、鋭いですね」

「孫がの」

嬉しそうに笑う光行に招かれて門を潜り、母屋の客間に入って程なく、襖を隔てた隣の部屋から女の泣き声がした。続いて、喜びごとの礼を言う男の声がする。

どうやら、光行の孫である光音《みつね》が男女の相談を受けているようだ。

心配事は解決したらしく、明るい笑い声が聞こえる。

帰る気配があり、静かになったところで、光行が口を開く。

「今の夫婦は行商をしておった者じゃが、祇園で店を出したいらしく、その相談じゃ。どうやら、よい先が見えたようじゃな」

信平は障子から眼差しを転じ、光行を見た。

「忙しそうですね」

「孫はの。わしは暇じゃ。して今日は、何を見てもらいにまいった。道謙の弟子となった息子のゆく末ならば、心配はいらぬぞよ」

「ご存じでしたか」

「鞍馬山に入る前に会うた。なかなかよい息子であるな」

信平は謙遜の笑みを浮かべる。

廊下に衣擦れがして、見送りをすませた光音が来た。白地に楓の葉や草花が染められた雅《みやび》な小袖と濃い紫の袴を着た光音は、信平の前に正座するなり遠慮なく身を乗り出し、曇りのない眼《め》を近づける。

「ふむふむ。なるほど」

「近い」

ぼそりと言う信平に、光音は桜色の唇に笑みを浮かべて離れた。

「三倉内匠助は、なかなかよい面立ちをしておられますね」

信平は驚きを隠せぬ。

「鷹の目を見ただけで捜し人の顔が分かるのか」

「はい」

「一段と、力を増したな」

微笑む光音に、信平は三倉の居場所を見てくれと頼んだ。

応じて目を閉じ、背筋を伸ばして沈黙することしばし、光音の眉間に苦悶《くもん》が浮かぶ。

信平と鈴蔵は沈黙し、その時を待った。

光行は真剣な眼差しを光音に向けている。

「まさか、すでにこの世におらぬのか」

祖父の問いかけに答えぬ光音は、胸の前で合わせていた手を顔の前に上げ、ゆっくくりと目を開け、信平を見つめた。

「捜し人は、京の町中にはおりませぬ。近くに水が見えますが、場所までは分かりませぬ」

光行は不服そうだ。

「見えぬとは珍しいことよ。まさか、よからぬ力に妨げられているのか」

光音は首を横に振る。

「おそらく本人が、必死に気配を消そうとしているのです。誰かに追われているのかもしれませぬ」

信平は疑問に思った。

「捕らえられているのではないと」

光音はそれには答えず、ふたたび信平を見つめる。

「その者のことよりも、信平様のことが心配です」

「麿がいかがした」

「宇治の領地には、災いをもたらす者が隠棲《いんせい》しています。聚楽壁《じゅらくかべ》の塀に囲まれた茅葺《かやぶ》きの小さな家と、くるみの大木が見えます。そこには決して近寄らず、放っておかれませ」

「行くとどうなる」

「行かぬとお約束を」

はっきり言わぬところをみると、よくない何かが見えているのか。

そう感じた信平に、光行が釘《くぎ》を刺した。

「光音の言うことは当たる。言わなくてもよう知っておろう。見つけても決して行かぬこと。よいな」

信平は光行を一瞥し、光音に微笑む。

「何が起きるか、教えてくれぬか」

「申せば近づかれますゆえ」

じっと目を見つめられて、信平は下を向いた。

「あい分かった。そのようにいたそう。これより師匠のもとへ参るゆえ、捜し人の影が見えた時は所司代殿に伝えてもらえぬか」

光音も微笑み、快諾してくれた。


加茂家の屋敷を出た信平は、鈴蔵と共に、師匠道謙の家に向かった。

下鴨《しもがも》村の家では、おとみが幼い男の子と留守番をしていた。

修行の場所を教える道謙の手紙には、子供のことは一言も書かれていなかったため驚き、知らぬとはいえ、祝いの品を支度していないことを詫びた。

「いいんです。佐吉さんと頼母さんが文を送るとおっしゃったのに、うちの人が、弟子を驚かせてやろうと言って止めたんですから」

道謙の真似《まね》を交えてしゃべるおとみの横で、男の子が信平をじっと見ている。そのつぶらな眼は愛らしく、思わず微笑みが浮かぶ。

頰を指でつつくと、男の子はおとみの着物の袖に顔を隠した。

信平はおとみに顔を向ける。

「いつお産みになられたのです」

するとおとみは、男の子の耳を両手で塞ぎ、小声で答えた。

「あたしが産んだ子じゃないんです」

「養子でしたか」

「捨て子です」

信平と鈴蔵は驚いた。

さらに声をひそめたおとみが言うには、今年の夏のことだった。満月の夜中に、夫婦仲良く眠っていた時、道謙が気配に気付いて目をさまして玄関へ行くと、戸口に置かれていた竹籠の中に男の子がいたのだ。

手紙も何もなく、歳も分からないと言うおとみは、いやがる男の子の耳から手を離して抱き上げ、

「この子は天からの授かりものです」

と言って、愛《いと》しそうな眼差しを向ける。

道謙は己の歳を気にして渋ったが、説得して、二人の子として育てることを決めたのだと教えてくれた。

信平は、嬉しそうなおとみを見て、道謙がその気になったのも分かる気がした。

「見たところ、二歳くらいでしょうか」

「うちの人もそう言っていましたから、年が明けたら三歳になるのですよねぇ、月太《つきた》郎《ろう》」

すっかり母親に見えるおとみに、信平はこころが和んだ。

「幼名は、月太郎と名付けられましたか」

「はい」

玄関前で初めて出会った時、月光の中で色白の顔が輝いて見えたと道謙が言い、付

けた名だという。

　この子がいるから寂しくないと言うおとみに、信平は江戸の土産と、信政が世話になる礼金を渡し、その日は泊まらせてもらった。

　そして翌朝早く道謙宅を発ち、鞍馬を目指した。

　鞍馬寺の麓の村には小さな旅籠《はたご》があり、どこも参詣客でにぎわっている。

　鈴蔵が物欲しそうな顔を向けている先には、草餅を売る店があった。

「土産にいたそう」

　信平が言うやいなや、鈴蔵は喜んで店先に走り、二十個も買い求めた。おとみが作ってくれた朝飯をたっぷり食べていたはずだが、鞍馬に来て腹が空いたのであろう。

　手土産を持って山門を潜り、本堂までの山道を急ぐ。

　赤く色づいた楓が美しく、途中に鎮座する由岐《ゆき》神社の御神木である杉の大木は、いつ見ても圧倒される。

　神社にあいさつをして先へ行くと、山道は一層厳しさを増す。

　急ぐ信平と鈴蔵は小走りで登るが、二人とも、息づかいはまったく変わらぬ。

　本堂に向かう山道を途中で外れ、さらにきつい傾斜を身軽に駆け上がる信平と鈴蔵の姿に、道ばたで休んでいた中年の夫婦があっけにとられた顔をしている。

獣道さえない木々のあいだを駆け上がり、鞍馬寺本堂の裏手に回った先に、茅葺きの小さな家を見つけた。

苔《こけ》むした屋根の家は、道謙が修行の折に使うもので、鞍馬山に点在する中のひとつだ。信平もここを拠点にした時期がある。

この家には初めて来た鈴蔵は、険しい崖の上にある小さな家を見て驚いた様子だ。

「こんなところにおられるのですか」

「麿が十三の時に一年ほど滞在して修行をした地であるが、こうして久々に見ると、懐かしいものじゃ」

木が踏み折られる音に気付いて目を向けると、燃えるような朱色の楓の下に、薄青の小袖に黒の裁着袴《たつつけばかま》姿の信政がいた。

伝えていなかっただけに、驚きを隠せぬ顔で立っている。

信平は唇に笑みを浮かべ、うなずく。

だが信政は、駆け寄らずにあたりを警戒するや、持っていた木太刀の切っ先を杉の木の上に向けた。

「ここじゃ」

道謙の声がどこからともなく響く。

惑わされた信政の背後に飛び降りた道謙は、振り向く間も与えず、信政の首に木の枝を当てた。

「参りました」

振り向いて片膝をつき、頭を垂れる信政。

道謙は木の枝を持った右手を下ろし、信平に顔を向けた。

「修行の邪魔をしに来たのか」

この山に籠もる道謙は、いつになく厳しく、戯れ言は通用せぬ。

険しい顔の道謙に駆け寄った信平は、信政の横で片膝をつき、頭を下げた。

「一言ごあいさつをと思い参りました」

「うむ」

鈴蔵が近づき、手土産を差し出す。

道謙は草餅を見て、ようやく表情を崩した。

「信政、一休みするぞ」

「はい」

家に戻る道謙に続きつつ、信平は信政と顔を見合わせた。

信政の面持ちは、江戸を出た時より引き締まり、より青年らしくなっている。

修行は辛いかと訊きたいのが親心だが、分かりきったこと。

信平は何も言わず道謙に続き、家の縁側に向かった。庭にあたる場所の地面は長年落ち積もった木々の腐葉土で柔らかく、檜《ひのき》の香りがする。

濡《ぬ》れ縁《えん》に腰かける道謙に、鈴蔵が草餅を差し出した。

信政は、江戸では決してすることのなかったお茶淹《い》れをし、湯飲みを道謙に差し出す。

「お前もいただけ」

道謙に言われて、信政は草餅をひとつ取り、信平に頭を下げた。

「いただきます」

そう言って口に運ぶ信政の変わり様を松姫と善衛門が見れば、二人とも涙を流しかねぬ。

ここでの修行は、油断すれば命を落とす。それゆえ、道謙はすべてにおいて厳しい指導をしているのだ。信政はその厳しい修行に耐え、成長しようとしている。その姿を見られて、信平は安堵した。

餅をひとつ食べて一息ついた道謙は、そばで片膝をついている信平に顔を向けた。

「信政は、なかなか筋がよい。修行のすすみ具合を知るのは、手合わせをするのが一番じゃ。今から相手をしてやれ」

「よろしいのですか」

「許す」

「はは。では、お言葉に甘えまする」

信平は立ち上がり、狐丸を鈴蔵に預けた。

餅を急いで食べた信政が、木太刀を取って差し出す。

信平は受け取り、庭に歩み出た。

親子で対峙《たいじ》して間合いを詰め、あいさつ代わりに切っ先を交えて一歩下がる。信政はすぐさま、気合をかけて打ち込んできた。

速い。

信平はそう思いつつ切っ先を眼前にかわし、同時に、信政の喉元に木太刀を突きつけていた。

目を見開いて下がった信政は、切っ先を信平の胸に向け、右に足を運ぶ。

「やあ！」

気合をかけて振りかぶり、地を蹴って飛んだ。

打ち下ろされる木太刀を左にかわした信平は、すれ違いざまに胴を打つ。が、木太刀は軽い音を発し、受け止められた。

信政の左手には、小太刀がにぎられていた。

離れた信平は、信政に微笑む。

「隠し刀を修得したか」

信政は答えず、小太刀と木太刀を構え、鋭い眼差しで迫ってきた。

「えい！」

二刀を巧みに操り、木太刀で足を払い、それを信平がかわせば身を横に転じつつ迫り、振り向きざまに小太刀で胸を突いてくる。

「やあ！」

気合をぶつける信政の小太刀を受け流しつつ、前に出る信平。

左の脇腹を打たれた信政が、片膝をついた。

「参りました」

痛みをこらえて笑みを浮かべる信政は、心配した鈴蔵が手を差し伸べようとしたが断り、立ち上がった。

「父上、今の技は見えませんでした」

「目で追うと惑わされる。身体で感じるようにいたせ」

「師匠からさようにお教えいただきましたが、まだまだです」

「焦ることはない」

剣を交え、その成長を実感した信平は、木太刀を鈴蔵に預けて道謙のもとへ戻った。

「まずまずといったところであろう」

道謙に言われて、信平は改めて頭を下げた。

「引き続き、お頼み申します」

「今日は、ここに泊まれ」

「はは」

「信政、稽古はこれまでじゃ。下で酒を求めてまいれ」

「はい」

山を下りる信政に、鈴蔵が付いていった。

二人で座敷へ上がった信平は、道謙と向き合って座り、おとみを訪ねたことを告げた。

「月太郎のことは驚きました」

すると道謙は目を細め、

「子はよいな、若返った気がする」

にこやかに言う。

確かに道謙は齢《よわい》を重ねているが、以前会った時より肌の色艶がよくなっている。

信政を相手にする姿も、衰えを感じさせない。

酒を買いに行った信政たちが戻ったのは、一刻（約二時間）後だった。

遅いではないか、と言う道謙に、信政は笑顔で応じて瓶子《へいし》を渡し、鈴蔵が布の包みを解いた。中には、白和《しらあ》えが詰まったすり鉢が入っていた。

それを見た道謙が、納得した顔を信政に向ける。

「下の婆様《ばば》に捕まっておったか」

「はい。白和えをくださいました。父上、門前に暮らすお徳《とく》さんが作る料理は美味でございます」

「いつも世話になっているのか」

「山を下りた時には、時折くださいます」

信政が皿を取りに行くのを見ながら、道謙が言う。

「徳婆に、気に入られておるのだ。他にも、信政を可愛《かわい》がる者がおる」

鈴蔵が取り分けた皿を受け取った信平は、道謙が食べるのを待ち、箸を付けた。

れんこんにごぼう、こんにゃくと胡麻《ごま》などが豆腐と絡まり、薄味噌《みそ》で調えられた味は柔らかい。

「旨い」

信平が言うと、信政はうなずき、台所に向かった。鈴蔵が心配そうに付き添うが、道謙が止める。

「これ、手を出すな。食事の支度をするのも、修行のうちじゃ」

「父上も作られたとうかがっています」

信政が言い、飯を炊きにかかる。

道謙に仕込まれた料理の腕は剣術の上達ぶりほどではないが、信平は、息子が作った質素な食事を黙って食し、昔を思い出していた。

「励めよ」

翌朝、二人きりで山を歩く親子の会話は、それだけで十分だった。

しばしの別れを告げて山を下りている時、鈴蔵が信平に近づき、

「この鞍馬山のせいか、お師匠様は天狗《てんぐ》のように見えます」

などと言って笑わせた。

信政を見て安心した信平は、軽い足取りで山を下り、京を素通りして伏見《ふしみ》の宿で一

泊すると、翌朝宇治へ向かった。

三

京で生まれ育った信平であるが、宇治の五ケ庄《ごかしょう》に来たのは初めてだ。

まずは萬福寺《まんぷくじ》を訪れ、住職の木庵性瑫《もくあんしょうとう》に寺領と接する土地の領主になった報告と、あいさつをした。

今から二十年近く前、清国《しん》と、清国に滅ぼされてもなお抵抗する明国《みん》との戦乱の中にあった大陸から渡来し、寛文四年に住職となった木庵和尚は、明国なまりのある日本語で信平を歓迎し、笑顔を絶やさない。

住職になった翌年江戸にくだり、将軍家綱に拝謁したことを懐かしそうに言い、三年前に将軍家より賜ったという紫の法衣《ほうえ》を見せてくれた。

領地のことで困ったことがあればなんでも相談するようにとも言われ、信平は感謝の気持ちを示し、江戸より携えていた銀を寄進した。

四年前に建立された天王殿に安置されている布袋《ほてい》像は金色に輝き、口角上がりの穏やかな表情が気持ちを和ませてくれる。

参詣をすませた信平は、楓が紅葉した庭を歩み、寺をあとにした。

寺からほど近い道を境に、信平の領地となる。

先に入っていた千下頼母から届けられた文によると、領地では優れた茶葉が栽培されている。禄高《ろくだか》となる六百石は米ではなく、年貢で得た茶を売って得た銀を米に換算してのことなのだ。

領内で採れる茶の量は、実際はもっとあるはずだと頼母は書いていたが、領民の暮らしを重んじる信平は、年貢に定めた以上を納めさせるつもりはない。

なだらかな丘陵に広がる茶畑を見つつ坂をのぼり、庄屋の六右衛門《ろくえもん》の屋敷へ向かった。

見えてきた長屋門に鈴蔵が走り、到着を知らせた。すると、江島佐吉と頼母が迎えに現れ、駆け寄る。

「殿、お待ちしておりました」

佐吉が言い、二人揃って頭を下げる。

長屋門を潜ると、母屋の式台の前で初老の男が待っていた。

母屋の右手には米蔵と納屋が並び、納屋の軒先では下男たちが仕事をしている。総出で迎えないのは、信平が配慮してのことだ。

初老の男が信平に頭を下げ、

「六右衛門でございます」

名乗ると、手で誘う。

「ささ、殿様、お上がりください」

言われるまま式台から上がり、左の八畳間を通って奥の十二畳間に入った。

手入れが行き届いた庭の池には緋鯉《ひごい》や黒鯉が泳ぎ、その先には離れの建物が見える。

六右衛門は四十八歳の初老。人が好《よ》く、恵比須大黒のような面持ちと体格をしている。

家族は妻の美春《みはる》三十八歳。長男玉之助《たまのすけ》二十歳。長女夏江《なつえ》十六歳。

次の間に家族を集め、揃ってあいさつをすませた六右衛門は、自慢の茶を点ててくれた。

宇治の茶は、江戸でも松姫と共に飲んでいるが、六右衛門が点ててくれたものは、江戸で飲むものとは違う深い香りと、甘みがある。

「旨い」

思わず声に出すと、六右衛門は美春と嬉しそうに顔を見合わせ、目尻を下げて言う。

「茶の湯を愛《め》でられた織田信長《おだのぶなが》公が京を支配されていた時代では、この地で採れた茶は、壺《つぼ》一杯黄金一枚の値が付いたこともございます」

そう自慢したものの、栽培の地が増えた今では、そこまで高く売れないと肩を落とす。

「値はともかく、確かに上質な茶だ」

信平が言うと、六右衛門は素直に喜び、しばし茶の話を聞かせてくれた。

よい茶を作るにはそれなりの苦労がある。

米作りとは違う苦労話を聞き、量より質を重んじる姿勢にも感銘した。

程なく酒宴を開いてくれ、夕暮れ前には、茶を作っている農家の者たちが仕事を終えてあいさつに訪れ、庭に集まった。

信平はその者たちの前に出ると、広縁に座し、暮らし向きのことを訊いた。

頼母が仕切り、

「遠慮はいらぬ。ひとりずつ申してみよ」

そう告げると、書きとめるために帳面を手にした。

村の者たちの要望はただひとつだった。皆を代表して信平の前に出てきた農家の若者が、汗と埃《ほこり》で汚れた顔を布で拭い、地べたに正座して訴える。

「殿様に申し上げます。今年の梅雨は大雨が降り、宇治川の水がもう少しで土手を越えそうになりました。いや、越えたところもあり、難儀をしている者がいます。今のままでは、来年が心配です。川の近くにも茶畑がございますから、流されますと、自慢の茶が採れなくなります。どうか、土手を高くしていただけないでしょうか」

訴える若者の後ろに座っている老翁が続く。

「川を見ていただければお分かりになると思いますが、大水が出た時、平等院のほうから流れてきた水が五ヶ庄の土手にぶつかるせいで、何年か前にも切れたことがございます。あそこをどうにかしていただければ、わしらは安心して暮らせます」

拝むように手を合わせて訴える声に、信平は耳をかたむけ、修繕を約束した。

こうして、信平の領地入りの初日は終わり、翌朝はさっそく、六右衛門の案内で領内を歩いて回った。

宇治川から山に向かってなだらかな傾斜がある土地は、米よりも茶を育てるのが適しているのだと六右衛門が言い、五ヶ庄のみならず、宇治の地は茶畑が広がっている。

藁葺き屋根の農家は土手よりも低いところにあり、畑のほうが高い土地にある場所もある。

その家の者たちが代々、畑を大事にしてきた証しだと、六右衛門は言う。

心配だと訴えた宇治川の土手に行ってみると、確かに上流からきた水がぶつかる形で曲がっている。

検分した佐吉が、幾度も修繕した形跡があると言うとおり、曲がった場所は厚く土が盛られていた。

頼母が信平に近づいて言う。

「これならば、容易《たやす》く切れぬはず。土手も他とくらべて高いほうですから、村の者たちは、殿を試したかもしれませぬ」

勘ぐる頼母に、信平はうなずく。

佐吉と話していた六右衛門が、信平に顔を向けた。

「殿様、村の者が言うておりましたのは、今年の雨がいつもより多かったからにございます。備えていただければより安心できると思ってのことですから、ご安心を」

「いや、高くするに越したことはない。領地のことは今後、そなたに任せる。来年の梅雨までに終えられるよう、力を尽くしてくれ」

六右衛門は、いささか困惑した顔をした。

「それは、いったい……」

「麿の家来として、仕えてほしい」

目を見張った六右衛門の目に、涙が浮かぶ。

「わたしを、取り立ててくださいますか」

「この土地のことを知る者に任せたいと思うてまいった。受けてくれるか」

六右衛門はその場に膝をつき、平身低頭した。

「つつしんで、お受けいたしまする」

「では今より、そなたを代官といたす。名字帯刀を許すゆえ、考えておくがよい」

「ありがたきお言葉。この六右衛門、より一層、より一層……」

言葉に詰まり、泣いて喜ぶ六右衛門に代わり、佐吉が言う。

「励むそうにございます」

「うむ」

感無量の六右衛門を立たせた佐吉が、願いが叶ったな、と言い、肩をたたいた。

かねてより六右衛門を取り立てたいと考えていた信平は、昨夜、佐吉から六右衛門の人柄を聞き、己のことよりも村の者たちのことを優先する暮らしぶりに感銘し、任せることを正式に決めたのだ。

その六右衛門は、庄屋の家に生まれながら侍に憧れ、若い頃には剣術も習っていた。また学問にも通じ、平等院に逗留《とうりゅう》していた儒学者にも教えを受けている。いつかは侍になりたいと、若いこころに秘めてのことであったが、十八歳の時に父を亡くし、翌年には長兄を病で亡くしたために家を継ぐことになり、今日に至っていたのだ。

胸躍らせる様子の六右衛門は、あるじとなった信平に熱心に領地のことを教え、また信平も、萬福寺の寺領との境でいざこざはないかなど、質問をしながら土手を歩いた。

五ヶ庄の者たちは、よい茶が採れることもあり暮らしが豊かで、人柄も穏やか。寺領との争いはまったくなく、盗っ人ひとりおらず、村人同士も仲がよいという。

信平は立ち止まり、六右衛門に顔を向ける。

「それを聞いて安堵した。重ねて申すが、来年の梅雨までには、皆が安心できるよう治水を頼む」

「承知いたしました」

頭を下げる六右衛門が、案内を続けて歩みをすすめる。

信平は茶畑を見ながら歩いた。

萬福寺が遠くに見え、よい景色だと思っていると、鈴蔵が前に来て止めた。

「いかがした」

「光音殿がおっしゃったのと同じ景色が、あそこに」

そう言って指差す先には、茅葺きの小さな母屋と、庭にくるみの大木を持つ、土塀に囲まれた家があった。

「確かに、そうであるな」

信平が言うと、鈴蔵は、何ごとかという面持ちで見ている六右衛門に問う。

「あそこにある土塀に囲まれた家は、寺領のものか」

六右衛門はそちらに顔を向けて確かめた。

「ああ、猿姫《さるひめ》の家ですね。あの家から先は寺領です」

猿姫、という呼び名に、信平は興味が湧いた。

「猿とは、変わった名だな」

すると六右衛門が笑った。

「いえ、名ではなく、娘がいつも猿と一緒にいますから、村の者たちがそう呼んでいるのです。娘の名はお絹《きぬ》といいますが、親に甘やかされているのか、気高くてつんとしていますもので、村の者が姫と呼んでいるのです」

「では、付き合いがあるのだな」

鈴蔵が神妙に訊くのを見ていた頼母が、信平に歩み寄った。

「殿、あの家の者が何か」

「光音殿に、関わるなと言われたのだ」

頼母は佐吉と顔を見合わせ、家を見た。

佐吉が訊く。

「何者ですか」

「分からぬ」

すると佐吉が、鈴蔵と話している六右衛門を呼んだ。

「六右衛門殿、あの家のあるじは何者なのだ」

「京の商家の隠居で、名は銭才《せんさい》と申します」

銭に才覚の才と書くと教えられ、佐吉がいかにも商人らしいと笑い、信平に言う。

「銭の亡者やもしれませぬな」

すると六右衛門が、気さくで良い人だと教えた。猿姫と呼ばれるお絹は、孫娘だという。

害はなさそうに思う信平であるが、災いをもたらす、と言った光音の真剣な眼差しが頭に浮かんだ。

「土塀は、聚楽壁だろうか」

「見てまいります」

土手を駆け下りた鈴蔵が、畑のあいだの道を行き、それとなく様子をうかがいながら土塀の横の道を通り過ぎ、大きく畑を回って戻ってきた。

「殿、戻りましょう」

「聚楽壁であったか」

「はい。光音殿がおっしゃったことすべてが揃っています。近寄らぬに越したことはございませぬ」

「うむ」

信平のそばにいた佐吉が訊く。

「いったい光音殿は、何が見えたのでしょうか」

「領地に隠棲している者が、麿に災いをもたらすのが見えたらしい。教えてくれた家の様子が、あの家にすべて当てはまる」

もっとも驚いたのは六右衛門だ。家をまじまじと見て、

「その光音とおっしゃるお人は、何者でございますか」

この世の不思議が信じられぬ面持ちで信平に振り向いた。

「麿が頼りにしている陰陽師だ。これまでも幾度か世話になり、時には助けられた」

「さようでございますか。災いとは、どのようなことでしょう」

「訊いたが、麿が知れば放っておかぬと言うて、教えてくれなかった」

頼母は考える顔をした。

「殿が知られれば放っておかれぬこととは、あの家の者に災いがふりかかっているか、あるいは……」

言葉を飲み込む頼母に、佐吉がいぶかしむ顔を向けた。

「言いかけてやめるな、気になるではないか」

頼母は佐吉をちらりと見て、六右衛門に真顔を向ける。

「娘は何歳だ」

「銭才さんが、嫁のもらい手がないとおっしゃっておりましたので、二十歳前後か、もっと上かと」

「美しいのか」

「ええ、まあ、それなりに」

佐吉が頼母の肩をつかんだ。

「おい、まさか殿が娘とどうにかなると思うているのか」

「人の好い商家の隠居が孫娘と静かに暮らしているのだ。他に何がある」

真顔を崩さず大真面目に言う頼母に、佐吉はうなずいた。

「殿にその気がなくとも、向こうがしつこくしてきたのはこれまでにもあった」

佐吉が言うと、

「光音殿には、見えていたはず」

頼母はそう答え、二人でうなずき合う。

「戻りましょう」

声を揃えて言われ、信平は応じた。

六右衛門が気を回し、平等院に行ってみませぬかと誘うので、信平は快諾し、土手を戻った。

五ヶ庄から平等院は目と鼻の先だと言う六右衛門が指差す先には、門前町に並ぶ建物の屋根と、院の杜《もり》が見える。

橋を渡り、門前町に入ると、参詣客でにぎわっていた。

途中の茶屋に立ち寄り、宇治の抹茶と名物の茶だんごを食べて一休みし、境内に入った。

この地は元々、平安貴族の別荘地であったが、一〇五二年、時の関白藤原頼通《ふじわらのよりみち》によって寺院とされ、その後建立された鳳凰堂《ほうおうどう》の美しさは、当時の人々にこの世の極楽浄土だと言わしめ、驚かせた。

その美しさは、六百年が過ぎた今も変わらず、参詣する人々を魅了している。

宇治の名所を見物した信平は、六右衛門に別の出口を案内され、宿が並ぶ通りを歩いて宇治川沿いに向かった。五ヶ庄の上流域は川が真《ま》っ直《す》ぐのため、増水した水が越えなければ、そうそう土手が切れることはないという。

明日は三倉内匠助を探索するため、京に戻る。その前にもう一度、村の者が心配する土手を見ておきたいと思った信平は、橋を五ヶ庄側に渡り、皆を誘って足を向けた。

問題の土手がもうすぐそこだという時、左手側の川辺から一匹の猿が駆け上がってきた。

驚いた頼母が咄嗟に信平を守ろうとすると、猿は頼母の肩に上り、髷《まげ》をつかんだ。

「無礼者！」

頼母が叫び、腕を振って下ろそうとした。

猿は肩から飛び降り、皆を見ながら歩き、離れた場所で悠然とした様子で座った。

すると、土手下から口笛が吹かれたので信平が見ると、枯れすすきの陰から女が出てきた。

赤地に白い草模様の小袖を着た女が、

「龍之介《りゅうのすけ》」

と呼ぶや、猿は土手を上がる女の肩へ飛び上がった。

女は、猿が迷惑をかけたという面持ちで頼母に頭を下げ、走り去った。

六右衛門が、慌てて指差す。

「殿、あれが猿姫でございます」

信平は目で追う。

猿姫は声に振り向かず畑側の土手をくだり、家に向かって走り去った。

信平の背後にいた頼母が、猿姫に見とれている。それに佐吉が気付き、信平の袖を引き、目顔で教えた。

信平と佐吉に見られていることに気付いた頼母が、空咳《からせき》をして誤魔化す。

「戻りましょう」

そう言って、歩みを進めた。

佐吉が頼母に追い付き、にやけ顔を近づける。

「美しいおなごであったな。気になるか」

「馬鹿な。殿に災いがあるといけぬので、早く離れるがよいと思うたまで」

珍しくむきになる頼母に佐吉は笑い、信平に言う。

「殿、目に毒だそうです。急ぎましょう」

「そのようなことは言うておりませぬ」

頼母が否定しながら歩きつつ、猿を連れて道を歩くお絹の後ろ姿を目で追っている。

信平は特に気にすることなく、六右衛門の案内に従って歩んだ。

この時信平は、木陰からこちらを見ている者がいることに、まったく気付いていなかった。

四

信平たちの姿が茶畑の向こうにある農家で見えなくなると、男は木陰から出た。

「どうして奴が」

驚きを隠さぬ男の後ろで、背を向けて畑の石垣に腰かけていた老翁が、横顔を向ける。

「肥前《ひぜん》、知った者か」

肥前と呼ばれた者は、老翁のそばに戻り、片膝をついた。

「江戸でわたしの邪魔をしたのは、奴です」

すると老翁は、家に戻るお絹を目で追いながら言う。

「この地の領主となった鷹司一族の者か。目障りなことよ」

「ご命令あらば、追って斬ります」

「構うことはない。奴は領地を見にきただけであろう。お前は京に戻り、逃げた三倉内匠助を捜せ」

「はは」

「次は、逃がすなよ」

白濁した左目を向けられ、その向こうにある右目の鋭さに気付いた肥前は、片手をついて頭を垂れた。

走り去る肥前を見送った老翁は、杖《つえ》をついてゆっくり立ち上がり、畑の道を家に向かって歩む。途中で出会った五ヶ庄の若い夫婦が、気安く話しかけてきた。

「銭才さん、散歩ですか」

訊く夫に、銭才は優しく笑う。

「ええ。お絹に誘われて散歩に出たのですが、置いていかれました」

「ははあ、猿姫らしいや」

「ええ？」

「お前さん」

女房に腕をたたかれてはっとなった夫が、慌てて名を言い換える。

「お絹さん、足が速いから」

ばつが悪そうな夫に、銭才は笑った。

「猿ばかり可愛がって追うものだから、足も速くなります。男より猿が好きときたら、嫁のもらい手もありません」

いつも聞いていることに、夫婦は苦笑を浮かべている。

ではまた、と言って夫婦と別れた老翁は、離れるにつれて顔から優しい笑みが消え、真顔に変わった。

聚楽壁の一角にある潜《くぐ》り戸《ど》から中に入った銭才は、手入れが行き届いた裏庭を横切って母屋に歩むと、杖を捨てて縁側に飛び上がり、庭に向いてあぐらをかいた。

猿が廊下に来て座り、銭才を見ている。

ほどなくお絹が湯飲みを載せた折敷を持って現れ、銭才の前に置いた。

「肥前が京に戻った」

銭才の一言で心得た顔をしたお絹は、黙って頭を下げ、後を追うために立ち去った。

猿が付いて走るのを目で追った銭才は、湯飲みを取って一口飲み、鋭い眼差しを庭に向けている。

数十羽《わ》のすずめの群れが庭に舞い降りたが、思案する銭才は見向きもしない。

第三話　帝の刀匠

一

謎の男肥前と鷹司松平信平が探索をはじめた頃、三倉内匠助はたった一人で琵琶湖の湖畔にある空き家に隠れていた。

攫った者たちから逃げて、もう二日も経つ。水だけで空腹に耐えながら、追っ手があきらめるのを待っているのだ。

窓から呆然と湖を眺める三倉は、これまでのことを思い出していた。

江戸で攫われ、箱根の関所に差しかかった時は、必死の思いで助けを求めた。だが関所の役人は、日々平穏な暮らしが続いていたせいかのんびりしており、三倉が攫われた身だと訴えても、悪い冗談を言うなと叱る始末で、すぐには動かなかった。それでも三倉が必死に訴えると、ようやく嘘ではないと気付いた役人同士が顔を見合わせ、共にいた者たちを問いただそうとした。だが、その時にはもう遅かった。侍たちは示し合わせて役人に近づいており、一斉に抜刀して斬殺したのだ。

そうして関所を破った後、長持《ながもち》に押し込められた三倉は、時折出してもらう場所がどこなのかまったく分からぬまま、絶望の中にいた。

何日目かにして、侍たちの話し声で京に向かっていることを知ってからは、逃げ出す隙をうかがうようになっていた。そしてそれが叶ったのが、琵琶湖の近くにある一軒の空き家に来た時だった。

宿場をさけ、名も知らぬ村のその空き家で休んでいた時、肥前殿、と呼ばれていた剣客が、ここまで来ればお前たちだけでよかろう、と言い、先に京へ発ったのだ。それを潮に手下たちの気がゆるみ、三倉を柱に縛り付けて見張りも置かず、近くの宿場に酒と女を求めに行った。

都落ちした時から追っ手に怯えて暮らしていただけに、いざという時のために備えだけはしていた三倉は、手下どもが出た後、小袖の裾に縫い込んでいる小さな刃物を取るために、柱に縛り付けられる時には観念した態度で正座していた。これに油断した手下どもがまんまと出かけたのだ。

気配もない静寂に包まれた今しか、逃げる時はない。

そう思った三倉は聞き耳を立てながら、後ろ手にされている指を動かし、着物の裾を探った。しつけ糸を指にからませると、ゆっくり引き抜き、指を切らぬよう気を付けて裾の折り目を探り、当たった刃物をにぎった。落とさぬよう逆手に持ち、縄と腕のあいだに差し入れると、ゆっくり上下させた。

己の技で作っていた刃物の切れ味は鋭い。

縄は難なく切れ、自由の身になった三倉は立ち上がり、土間に下りて格子窓から外をうかがった。

見えるのは暗闇だけで、隣家の明かりも、人の気配もなかった。

勇気を出して表の戸を開け、空き家から抜け出すと、暗い道を走って逃げた。

そして、今いる空き家から遠く離れた小屋を見つけて隠れたのだ。


追っ手は、そろそろあきらめただろうか。

そう思い小屋から出ようとしたが、人の声がしたので身を潜め、板戸の隙間から外を見た。

湖畔を歩いているのは追っ手ではなく、漁師らしき身なりの男が二人。だが、明るいうちに出るのは危ない。

奥に戻った三倉は、夜を待つことにした。

時が流れ、日が暮れた。

夜中になるのを待った三倉は、小屋から出ると湖の水を飲み、空腹を忘れて夜道を歩いた。

江戸にいるおつるを心配しつつ、三倉が目指すは京。たった一人の肉親である弟の麻也がいる寺、昇恩院《しょうおんいん》だ。

昇恩院は、高台寺《こうだいじ》の裏手にある小さな寺。

都落ちする時に別れた弟の無事を確かめるために夜道を走り、山科《やましな》の手前まで来た時には、すっかり夜が明けていた。

町はまだ人もまばらで、目に付きやすい。

先に空き家を出た肥前がどこにいるか分からない三倉にとって、人が少ない町中を抜けるのは危険だ。

裏路地に入り、物陰に隠れてどうするか考えている僅かなあいだに、通りはにぎわいを増してきた。

雑踏の音に誘われて路地から出てみると、仕事に向かう者たちや、旅人たちが街道を行き交っている。

これなら大丈夫だと思い、目の前を通り過ぎた旅の薬売りの後ろに続いて歩みはじめた。

ところが、先の四辻《よつつじ》に立って行き交う者を見ている男が目にとまった。忘れもしない賊の顔を先に見つけた三倉は、店を開ける支度をしていた商家の奉公人を押しどけて中に駆け込み、悪い奴らに追われています、助けてください、と必死に頼み、裏から出してもらった。

別の道へ逃げるため路地から出ようとした時、すぐ前に手下が立ち止まり、もう一人が現れた。

「いたか」

「どこにも見えぬ」

「まだ遠くへは行っていないはずだ。捜せ！」

そう言った手下が路地へ顔を向け、探るような目を向けて入ってきた。

咄嗟にごみ入れの陰に隠れていた三倉の耳に、足音が近づく。

身を縮めているが、来れば見つかる。

目をつぶって怯えていると、通りから声がした。

「いたか！」

「いや、いない」

手下の声が、すぐ近くでした。

「ここにはいない。先へ行くぞ」

仲間が言うと、足音が遠ざかった。

安堵の息を吐いた三倉は、そっと顔を出す。路地に誰もいないことを確かめ、表には出ずに路地の奥へ逃げた。

奴らから逃げて丸二日も経つというのに、どうして近くにいると分かったのか。京を目指していると見抜かれているなら、山科を抜けるのをあきらめるしかない。

そう思った三倉は、琵琶湖に向けて道を戻り、比叡山《ひえいざん》を目指した。延暦寺《えんりやくじ》をめがけて山に踏み入ったのだが、油断は禁物。参道に追っ手がいることを恐れて獣道を選んだ。

一度訪れたことがある延暦寺は確かこの方角だと思いつつ山を歩いていたのだが、景色が見えない雑木の中を歩いていたせいで方角が分からなくなり、迷ってしまった。元来自分は町中でも迷うほど方向に疎《うと》い。そのことは分かっていたが、追っ手を恐れたのと、比叡山を軽く見過ぎていた。

一日山をさまよったが、見えるのは山ばかり。仕舞いには、山を下りているつもりが上がっていた。夜のとばりが下りはじめると、日が当たらない山はすぐさま暗くなり、身体が冷えてきた。

闇の中を歩くのは命取りだと思い、薄暗いうちに山肌のくぼみを見つけ、そこにうずくまって夜露をしのいだ。水もなく、腹が減っていたが、一日歩き回った疲れで眠気に襲われ、獣の鳴き声ではっとして目をさますと、夜が明けようとしていた。朝霧が降りた薄暗い中、松の根元に何かが動いたと思い目をこらすと、二匹の狐がいた。雄同士なのか、にらみ合い、牙をむき出しにして今にも互いに飛びかかりそうだ。

息を詰めて見ていると、一匹がこちらに気付き、走って逃げた。もう一匹が追い、茂みの向こうで争う声がした。だが、すぐ決着したらしく、山は静まり返った。

途端に、山に迷っている不安が込み上げた三倉は、くぼみから這い出ると、獣道を見つけて斜面を下りた。

山を下りれば、どこかに出るはず。

そう思いくだったが、しばらくすると、獣道はまた上りになった。それでも歩き、先へ進む。秋が深まっている山では落ち葉が積もり、朝霧で濡れて滑りやすい。

木をつかみ、斜面から滑り落ちぬように登っていくと、またくだりになった。その先に、先ほどのものかは分からぬが、一匹の狐が見えた。すぐさまこちらに気付き、走り去る。

狐がいた場所まで行くと、獣道はそこで途絶え、急な谷となっていた。谷底を流れる水の音がする。

喉が渇いていた三倉は、細い木をつかんで斜面をくだり、途中からは落ち葉に尻を着けて滑りながら下りた。

小川の岩場まで行くと、泳ぐ魚が見えた。

冷たい水を手ですくって喉を潤し、あたりを見回す。

渓谷となっている川のほとりは歩けそうにない。川下は切り立った岩が高くそびえ、滑り下りた斜面を戻るのも難しい。

川の向こうは、登れそうだった。

川上へ少し戻れば渡れそうな場所がある。

狭い岩場を歩いて川上へ向かった三倉は、ひとつ目の岩に飛んだ。大きな岩はびくともしない。だが次の岩は、片足を着くだけの大きさ。しかも、両側を流れ落ちる水が足場を濡らしている。

落ちれば深そうだが、行くしかないと勇気を振りしぼって飛んだ。

右足を着き、

「それ」

気合をかけて跳ぶ。

うまく渡りきった三倉は、一人で喜んだものの、迷っているのに変わりないことにむなしくなり、ため息をつく。そして、休まず山へ分け入った。

今夜も山で過ごすのか。

そう思いながら、いくつも谷を越えた。木々のあいだから見える景色は山ばかりで、野焼きの煙すら見えない。見上げれば曇天で、日を頼りに方向を知ることもできない。

今日こそは里に下りなければと気力を振りしぼり、道なき山をくだっていると、斜面の木のあいだに畑が見えた。ようやく山里へ下りることができたのだ。

ほっとして斜面を下りたものの、あるのは畑だけで家はない。京へ行くには左右どちらを選ぶべきか迷い、先に家を見つけようと決めて畑のほとりの道を方角も分からぬまま歩いた。

畑を過ぎても家は見つからず、里ではなく山に向かう道を選んでしまったかと不安になりはじめていた時、目の前が開けた。

青々とした畑では、夫婦と思しき男女が腰を曲げて仕事に精を出している。大根を抜いた女がこちらに気付き、並んで仕事をしている男を肘でつついて知らせた。

いぶかしむ顔を向ける男女に、三倉は駆け寄った。

「教えていただきたい」

そう言うと、男はこちらに来てくれた。

枝で傷ついた顔と泥に汚れた姿を見て、驚いた様子だ。

「いったい、どうしなすった」

「比叡山で道に迷ってしまった。ここはどこです」

「八瀬《やせ》ですが」

「八瀬……」

聞いたことがない土地だ。

「傷は、大丈夫ですか」

顔を示す男に、三倉は笑みを浮かべる。

「ほんのかすり傷です。それよりも、京へ行きたいのですが、道を教えていただけませんか」

「ああ、それでしたら、この道を真っ直ぐ行くと高野川《たかのがわ》に出ますから、川沿いの街道をくだれば、一刻（約二時間）もかからず京に着きますよ」

「そうですか。助かりました」

知っている川の名を聞いて安心した途端に、腹の虫が鳴った。

聞こえた男が笑い、持っていた大根を差し出す。

「難儀をされましたな。これをどうぞ。甘いから、洗ってそのまま食べられますよ」

大きな大根を両手で受け取った三倉は、頭を下げた。

「遠慮なくいただきます」

頭を下げると、近くを流れる小川を教えられ、そちらに走った。

土手を下り、清くて冷たい水で泥を洗い流し、かぶりつく。半信半疑だったが、言っていたとおりの甘さに目を見開く。

初めて生の大根をかじって食べた三倉は、逃げ出す前から減っていた腹を満たし、半分残った大根をぶら下げて京へ向かった。

小川のほとりを川下に行くと、荷船がくだっていく川に出た。これが高野川に違いない。街道を歩いてきた者に確かめると、間違いなかった。

右手に食べかけの大根を下げているのを見て怪訝そうな顔をされたが、三倉は気にせず頭を下げ、川沿いの道を急いだ。

二

やっと町が見えた時、三倉は追っ手を気にして、着物の袂《たもと》に入れていた布で頰被《ほおかぶ》りをして道をゆく。

祇園社の裏を歩いて、弟がいる昇恩院に到着したのは日暮れ時だった。茅葺きの山門は閉ざされ、ひっそりとしている。京の寺の多くは、訪れる者を拒まず入れてくれるが、この昇恩院は騒がしいのを嫌う檀家《だんか》のために、物見遊山の者は入れない。

山門の中には番をする下男がおり、頰被りをして門扉の格子窓から中をうかがう三倉のことを、眉根に皺《しわ》を寄せて警戒した様子で見ている。

目が合った三倉は、通りを見て人がいないのを確かめ、頰被りを取った。

顔を見た門番はすぐに気付き、格子窓に駆け寄る。

「三倉様でしたか。すぐ開けます」

「いや、いいんだ。麻也を、いや、今は英翔《えいしょう》だったな。ここへ呼んでほしい」

「英翔様は、お出かけです」

こんな時に、という言葉を飲み込み、どこに行ったのか訊くと、門番は知らないと言う。

「和尚様のお使いですから、じき戻られるでしょう」

言いながら門を開け、中に誘《いざな》ってくれた。

「すまないが、英翔とわたしがいるか訊く者が来たら、いないと言ってくれ」

「お顔の傷は、その者たちに？」

「追われて山を逃げる時についたものだ」

都落ちをした時のことを知っている門番は、神妙な顔で応じてくれた。

三倉は石畳が敷かれた境内を歩き、本堂へ向かう。

両側に植えられた楓が紅葉し、石畳の上にちらほらと葉が落ちているのが美しく、毎年この時期は檀家の者たちを喜ばせる。

だが今の三倉に、境内の景色を眺める余裕はない。

石畳を黙然と本堂へ急ぎ、庭の手入れをしていた修行僧を見つけて駆け寄り、住職に会いたいと告げた。

ほうきを置いた若い僧が案内してくれた本堂に入り、賽銭箱《さいせんばこ》の前で待った。黒漆の須弥壇《しゅみだん》には三体の仏像が鎮座し、金色に輝いている。

線香が焚《た》かれた本堂は静かで、三倉はようやく、気分が落ち着いた。

程なくして、黒の法衣をまとった住職の典玦《てんけつ》和尚が横手から入り、三倉を見るなり笑顔で迎えてくれた。

「いやぁ、懐かしい。元気そうで……」

言いながら歩み寄っていた典玦がはっとした。

「そうでもないな。その顔の傷から察するに、まだ逃げておられるか」

「攫われて連れ戻されそうになりましたが、隙を見て逃げたのです。奴らは、江戸に隠れていたわたしを見つけ出しました。ここにも手が伸びると思い来たのですが、麻也はどこに行きましたか」

「今朝から建仁寺《けんにんじ》に行っております。そろそろ帰りますから、奥で茶でもいかがですか。腹が空いておられるなら、膳を支度させましょう。旨い湯葉と豆腐がございますぞ」

「お気づかいありがたいのですが、心配ですので建仁寺へ行きます」

「入れ替わりになるといけませぬから、待っていなさい。今、膳を支度させます」

和尚の言うとおりかもしれぬと思った。

「では、お言葉に甘えます」

頭を下げて宿坊に行こうとした時、門番が強引に来る者を押さえて下がらせようとする後ろ姿が見えた。

「どけ！」

怒鳴る侍の背後にいる肥前の顔を見た三倉は、咄嗟に柱の陰に隠れ、典玦に言う。

「わたしを攫った者たちです」

「ここはまかせなさい。御仏の後ろに」

手で誘われ、三倉は須弥壇の後ろに回った。

本堂正面の石段を上がってきた三人の侍の一人が、典玦に穏やかな口調で訊く。

「住職か」

「はい」

「俗称が麻也だった坊主に用があってまいったのだが、出かけていると聞いた。まことか」

「さようでございますが」

「いつ戻る」

「それが、もうとっくに戻っていてもよろしいのですが、用を終えて、どこかへ行って息抜きをしているのかもしれませんな。困ったものです。お前様がたは、英翔になんのご用で」

長細い顔をしている侍は、薄い唇を舐《な》めて目を見てきた。

「我らは、麻也殿の兄、三倉内匠助殿の使いだ。火急の知らせがあるのだが、行き先に心当たりはないか」

「よく行くのは清水寺ですが、今いるかどうかまでは分かりませぬ」

「どこに用があって出たのだ」

「拙僧の使いで、西本願寺《にしほんがんじ》に行かせました」

機転をきかせてくれる典玦の声を聞いて、三倉は胸をなで下ろした。

だが、

「な、何をされる」

典玦の怯えた声に、三倉はそっと、須弥壇の横手から表を見た。すると、侍の一人が典玦の胸ぐらをつかんでいた。

「嘘を申すとためにならぬぞ」

「手荒なことはするな」

肥前が止め、手を離させた。

咳き込む典玦に、肥前が歩み寄る。

「我らが何も知らぬと思うているようだが、この寺は、西本願寺と関わりはないはず。どこに行かせたか、教えてもらおう」

「…………」

「では、他の者を痛めつけて訊くまでだ」

肥前が顎で指図すると、手下が外へ出ようと足を向ける。

迷惑になると思った三倉が出ようとした時、

「建仁寺だ」

典玦はあっさり白状した。

手下が肥前を見てほくそ笑む。

肥前は典玦を見据える。

「使いで行かせたのは確かか」

「嘘ではござらぬ」

「では、用がすめば戻ってくるのだな」

「はい」

肥前が須弥壇に鋭い目を向けた。

典玦はそれとなく立ち位置を変えて視界を遮り、

「本尊を傷つけようとお考えならおやめくだされ。嘘は申しておりませぬ」

懇願する体で三倉を守ろうとしている。

だが肥前は、典玦をどかせ、ゆっくりと須弥壇に向かう。左側から裏に回り、あたりを見回し、気配を探るように歩む。

この時三倉は、須弥壇の裏に鎮座している観音像の後ろに隠れ、息を潜めていた。

足音が通り過ぎたが、三倉は顔を出さずにじっとしていた。

表に戻った肥前は、典玦に言う。

「三倉内匠助は来たか」

「都落ちしたと聞いて以来、一度も」

「弟を訪ねてくるかもしれぬゆえ、配下の者を一人残す。よいな」

典玦は、人を殺すことを躊躇《ためら》わぬ目をしている肥前を恐れ、承諾した。

肥前は手下の侍にしっかり見張れと命じ、本堂から去った。

観音像の後ろからそっと出ていた三倉は、本尊に背を向けてあぐらをかいている手下を見て、顔をしかめる。

このままでは、先を越される。だからといって、見張りがいたのでは身動きが取れない。

困ったことになったと思い、どうするか考えをめぐらせていると、典玦が侍を宿坊に誘った。

「ここに居座られては、修行僧たちのおつとめができませぬので、どうかお渡りください。茶などいかがでしょうか」

「そうか。ではそういたそう」

立ち上がる侍を弟子に案内するよう命じた典玦は、廊下まで出て見送ると、程なく戻ってきた。

「三倉殿、裏からお逃げなさい」

須弥壇に向かって言う典玦の前に出る。

「弟は、大丈夫だろうか」

不安をぶつけると、典玦は笑みを浮かべた。

「英翔は日頃から用心していますから、怪しい者が近づけば逃げるでしょう。英翔のことは拙僧にまかせて、今のうちにお逃げなさい」

「では頼みます」

裏から抜け出した三倉であるが、やはり麻也のことが心配になり、建仁寺に向かった。

肥前たちに見つからぬよう頬被りをして、祇園の路地を行くと、肥前たちが門から出たところだった。

寺の者と話している肥前たちが去るのを待ち、路地から出て寺に行く。山門から入り、先ほどの僧が境内を歩いているのを見つけて走った。

「よろしいか」

声に応じて立ち止まった僧に歩み寄り、頭を下げた。

「昇恩院からの使いで英翔という者が来たはずですが、ご存じか」

すると僧は、先ほども同じことを訊かれましたぞ、と言って不思議がるも、麻也は来ていないと教えた。

「わたしは英翔の実の兄です。隠さず教えてください」

「では、あなた様が三倉内匠助殿」

とてもそのようには見えない、という面持ちで見られ、三倉は必死に頼んだ。

「先ほど来た者たちが何を言ったか知りませんが、あの者たちは、わたしたち兄弟を利用しようとたくらむ輩。お願いです。弟がいるなら会わせてください」

「ほんとうに、今日はまいられていませんが」

嘘をついているようには見えない。では、弟はいったいどこに行ったのか。

世話になっている典玦の使いゆえ、きっと来るはずと思う三倉は、僧に頼んだ。

「もし来ましたら、昇恩院には悪党の仲間が隠れているので戻るなと伝えてください。先ほど来た者たちに、命を狙われているのです」

咄嗟に出た嘘だが、驚いた寺の者は承知してくれた。

三倉はさらに言う。

「二人が幼い頃によく遊んだところで待っていると、お伝えください。このとおりです」

頭を下げる三倉に、僧が困惑した。

「どこのことか伝えなくても、お分かりになられるのか」

「分かるはずです。では」

三倉は万が一を考えて正確な場所を言わずに、建仁寺から立ち去った。

三

何も知らぬ麻也は、三倉と肥前たちが訪れた建仁寺の近くにある町家にいた。

兄の心配をよそに、昇恩院の檀家である商家の女あるじが持つ祇園の町家で、昼間から肌を重ねていたのだ。

三十路《みそじ》の色香の虜《とりこ》になっている麻也は、典玦が使いを頼むたびにこうして会い、今日にいたっては、

「もう寺の暮らしなどしたくない。どうなってもいい」

などと言い、女に甘える生臭坊主になっている。

若い麻也をそこまで夢中にさせるのは、四条通りに呉服屋を構える鈴乃《すずの》だ。

二十五歳まで芸妓をし、きっぱりと見切りを付けて商売をはじめただけに、やわな者ではない。酸いも甘いも知り尽くした鈴乃が若い僧を搦《から》め捕《と》って離さぬのは、育ててくれた置屋の女《はは》が眠る昇恩院を訪ねた時、たまたま麻也を見かけ、その美しさに魅了されてからだ。

色白の麻也は、整った面立ちもさることながら、どこか影があるところも、女ごころをくすぐった。

二人が出会ってから深い仲になるまでに日はかからなかった。使いで外へ出た麻也を見かけた鈴乃が声をかけ、この祇園の家に引き込んだのだ。

若い男に抱かれて、うつ伏せでぐったりしていた鈴乃は、身体を重そうに起こし、胸板に頬を寄せた。

「ねえ、次はいつ会える？」

甘え上手な鈴乃を抱いた麻也は、天井を見ながら深い息を吐く。

鈴乃が顔をもたげて、麻也を見つめる。

「ため息なんて、いややわぁ。どないしはったん」

麻也はまた、息を吐いた。

「おもしろくもない寺の暮らしは、もううんざりだ。お前とここで暮らしたい」

泣き言は今にはじまったことではないが、鈴乃は嬉しいと言って喜び、麻也に馬乗りになった。

「もう寺には帰らず、ここで暮らしたらどうどす」

「いいのか」

「いいも何も、この家は、麻也はんとうちのもの。誰に遠慮もいりまへんえ」

若い麻也を囲うことを決めた鈴乃は、銚子《ちょうし》の酒を口に含み、唇を重ねてゆっくり流し入れた。

男を知り尽くしている鈴乃にかかっては、麻也もその気になる。

押し倒して上になり、女の柔肌に顔を埋めた。

独り身の鈴乃だ。麻也を店に連れて帰ってもいいはずだが、そうまではしない。芸妓として、そして商家の女あるじとして様々な人を見てきているだけに、麻也のことを、わけありの男と見ているのだ。

そんな鈴乃の誘いに、麻也はとうとう、典玦の用を果たしに建仁寺へ行かず、二人で朝を迎えた。

朝餉を作ってくれた鈴乃は、寺に帰らずここにいてくれと念押しし、夕方には戻ると言って店に帰った。

家に麻也がいてくれると思うと嬉しくなった鈴乃は、昼になると近所の遊び仲間の商家の娘や妻たちを誘い、八坂にある料理屋で食事をした。

いつもの世間話に花を咲かせる女たちに、

「今日はいい話があるの」

と切り出し、麻也のことを自慢した。

皆の中で元芸妓は鈴乃だけ。負い目はないが、根っからの商売人ではない。親しい仲間内でも、どことなく下に見られている気がしていたことも、鈴乃を自慢に走らせたのだ。

相手が昇恩院の英翔と聞いて、その場が静まり返った。なぜなら麻也は、ここにいる六人の女たちにとって、歌舞伎役者に憧れるのと似た存在だったからだ。

京の商家の旦那衆が、舞妓から面倒を見た少女を芸妓として独り立ちさせることを見栄《みえ》とするのと同じ気持ちが、鈴乃の胸のうちにあったのだ。

祇園の別宅に住まわせることになったことも教えると、女たちは目の色を変えて、興味を示した。一緒にいる時遊びに行ってもいいか、と言う者がいれば、嫉妬の目を向ける者、明るく羨ましがる者もいる。

これまでにない優越感に浸った鈴乃は、求められるに応じて麻也との出会いから聞かせ、話に夢中になるあまり、声が大きくなっていた。

襖一枚を隔てた隣の客室に、麻也にとっては災いとなる者がいようとは、知るよしもなく。

皆から羨ましがられ、すっかり気分がよくなった鈴乃は、

「うちが誘ったのやから、ここはお支払いします」

安くはない食事代を奮発した。

この中でただ一人、働く女である鈴乃は、働かずとも優雅に暮らしている女たちに肩を並べた気分になり、店を後にした。

昼からも商売に励み、暗くなって店を閉めた鈴乃は、後のことを通い番頭にまかせて出かけた。待っているはずの麻也のもとへ急ぎ、祇園の町中を小走りしていたのだ

が、ふと、怪しい者の存在が背後にあることに気付いた。

芸妓をしていた頃に、幾度か恐ろしい目に遭ったことがある鈴乃の身体が、跡をつける者の気配に反応したのだ。

店の客か、昔の癖の悪い客だろうと思う鈴乃は、慣れたものだ。

気付かないふりをして小走りに進み、麻也が待つ家に向かう細い路地には入らず通り過ぎた。別の路地に入り、顔なじみの髪結いが暮らす町家に向かう細い路地に駆け込み、玉石と敷石《しきいし》が並ぶ戸口先を急いで格子戸を開けて入った。

香の匂いがする三和土《たたき》にしゃがみ、格子越しに目をこらす。すると、路地の先に侍が立ち止まり、こちらをうかがうではないか。

貧乏浪人には見えぬが、知らぬ顔。

勘の鋭い鈴乃は、自分ではなく麻也を捜す者ではないかと不安になった。

「どなたはんや」

家の中から男の声がした。

振り向いた鈴乃は、静かに、と小声で言い、路地を見る。すると、侍の姿は消えていた。

「鈴乃さんやないか。どないしはったん」

いぶかしむ髪結いに、鈴乃は立ち上がって振り向いた。

「変な男に跡をつけられたんや。かんにんやで」

「またかいな。今度は誰や。昔の客か」

「知らん侍やった。なんや危なっかしそうな顔してたわ」

「ええ、大丈夫かいな」

四十代の髪結いは、女より男に興味がある者でなよなよしていて、こういう時は頼りにならない。

「怖いから、今日は裏から逃がしておくれやす」

「こっちや」

手招きに応じて、奥に長い三和土を歩んだ。家族はおらず、客もいない家はだだっ広く感じる。

日々料理を作っている痕跡がまったくない炊事場を抜け、裏の戸口から出た。

「初めて来たけど、この先はどこ？」

「路地を左に真っ直ぐ行った突き当たりを右に行きはると、鈴乃はんの別宅や。一人で大丈夫かいな。なんなら、腕っ節が強い男《ひと》を連れてこようか」

ぐずぐずしていると侍が裏に回って来ると思った鈴乃は、礼を言ってその場を離れた。

鈴乃のように、誰かの家の中を通らなければ、怪しい侍がこちらの路地に来るには時間がかかる。

それでも油断せず急いだ鈴乃は、突き当たりまで来ると家の角で路地の左側をうかがい、侍が先に回って来ていないか確かめた。

すっかり日が暮れた祇園の町は、茶屋と称する料亭が並んでいるが、酒を飲み歩く大衆の場ではないため、路地に人影は少ない。近くの茶屋からは、三味線の音が聞こえてくる。

侍の姿がどこにもないことを確かめ、路地を右に走った。

家の前でもう一度気配を探った鈴乃は、戸締まりをして廊下に上がった。暗い廊下を奥に行くと、部屋の障子が明るかった。

いてくれたことに胸をなで下ろし、開けて中に入った。

戻った鈴乃の様子に、麻也は驚いた顔をした。

「怖い顔してどうした。何か……」

何かあったのかと訊こうとする麻也に抱きついて唇を重ねた鈴乃は、離れて目を見つめた。

「何したん？」

麻也は不思議そうな顔をする。

「なんのことだ」

鈴乃は、侍に跡をつけられたことを教え、思い当たることはないかと言った。

すると麻也は下を向き、険しい面持ちで考えていたが、心配する鈴乃の目を見てきた。

「それはおそらく、兄のせいだと思う」

兄弟がいることを初めて知った鈴乃は、黙って話を聞いた。

麻也は、仏門に入ることになったのも兄のせいだと教えた。

その哀しげな顔に、鈴乃は胸が苦しくなり、詳しく教えてくれと迫った。麻也を放っておけず、すべてを知りたくなったのだ。

だが麻也は、首を横に振った。

「迷惑はかけられないから、寺に戻る」

「あかん！」

しがみつき、立とうとする麻也を引き寄せて抱いた。

「うちが守ってあげる。二人で遠くへ逃げよう」

「わたしに追っ手が付いたのは、兄に何かあったからだ。お前を巻き込むことはできない」

「町に侍がいるんやから、行ったらあかん」

必死にしがみつく鈴乃に押されて、麻也は力を抜き、背中に腕を回した。

「分かった。ここにいるよ」

鈴乃は安堵し、好いた男の胸に頬を寄せた。

障子の外で物音がしたのは、その時だ。

気付いた鈴乃は、麻也をかばって障子に向かって立ち上がり、気配を探った。

息を潜める部屋には、何も聞こえてこない。

「気のせいじゃないか」

麻也が言ったその刹那、障子が荒々しく開けられ、二人の侍が土足で入ってきた。

「逃げて！」

鈴乃は麻也の腕をつかみ、奥の襖を開けて隣の部屋に押し込んだ。

「どけ！」

怒鳴った侍が麻也を追おうとしたが、鈴乃が捨て身で抗い、押し戻して両手を広げる。

侍が怒気を浮かべ、刀に手をかけた。

「貴様、死にたいのか」

それでも鈴乃はどかない。

「ここはうちの家や。帰っておくれやす」

「生意気な」

侍は刀を抜こうとしたが、それより先に前に出た仲間の侍が、鈴乃に当て身を入れた。

武芸を身に着けていない鈴乃は、呻き声をあげる間もなく気を失い、畳に伏し倒れた。

そんな鈴乃に逃がされた麻也は、裸足《はだし》のまま裏から路地へ出た。

追っ手も出て、こちらに向かってくる。

必死に走った麻也は、家の裏の物陰に潜んだ。

路地を追ってきた二人の侍は、暗さに苛立ちの声を吐き、あたりを捜してうろうろしていたが、

「昇恩院に行くぞ」

一人が言い、走り去った。

麻也は鈴乃が心配だったが、昇恩院に行くと言ったのは罠《わな》かもしれないと疑い、動かず潜んだ。

「いったい兄は、何をやったのだ」

三倉が今どうしているかを知るよしもない麻也は、昇恩院にも鈴乃の家にも戻ることができず、どうするか考えた。そして思いついたのが、近くにある建仁寺だ。

路地に顔を出して誰もいないのを確かめようとしたが、暗くて先が見えない。音を立てないようにその場を離れ、走って逃げた。そして建仁寺に着き、山門ではなく裏に回って門扉をたたいた。

物音に気付いて顔を出した寺の者は、眠そうな顔をしている。

「悪い者たちに追われています。中に入れてください」

昇恩院の英翔だと名乗り、助けを求めた。

名を聞いた寺の者はすぐに入れてくれ、宿坊に匿《かくま》ってくれた。そして程なく、別の僧が部屋に来ると、三倉内匠助が来たことを教えた。

「兄が、こちらに……」

驚いた麻也は、僧に身を乗り出す。

「居場所をご存じですか」

するとは、二人がよく遊んだところで待っていると言う。

それはどこなのか。

すぐには浮かばなかった麻也は、思い出をたぐり寄せた。そして、ある場所が頭に浮かんだ。

すぐ行きたくとも、今出るのは危ない。

一晩の宿を頼んだ麻也は、まんじりともせず夜が明けるのを待って、建仁寺から出た。

兄が待つ場所へ行くため、寺で分けてもらった草鞋《わらじ》を履いて走った。

だが、祇園社の門前町を出ようとした時、路地の行く手に、総髪を束ねた若い侍が現れ、鋭い目を向けてきた。

麻也は名を知らぬが、その者は肥前だ。

昨夜の者たちとは格段に違う恐ろしさを感じた麻也は、後ずさりをしてきびすを返し、走って逃げようとした。

人に助けを求めようとする背後に気配が迫り、その刹那、後ろ首を手刀で打たれた麻也は、気を失った。

顔に水をかけられて目を開けた時には、倒れたはずの路地ではなく、見知らぬ場所に連れ込まれていた。初めに目に入ったのは土間。縄を打たれて動きを封じられ、身体が吊《つる》されている。

目の前には、昨夜鈴乃の家に襲ってきた侍が立っていた。もう一人の顔もあり、上がり框《がまち》には、総髪の若侍が座っている。

水をかけた侍が柄杓《ひしやく》を竹鞭《むち》に持ち替え、麻也の顔を見上げる。

「お前、どこに行こうとしていた」

「…………」

「三倉内匠助のところであろう。痛い目に遭いたくなければ、居場所を教えろ」

「…………」

口を閉ざす麻也に怒気を浮かべた侍は、容赦なく鞭で腹を打つ。

焼き付くような激痛が走り、顔をゆがめた。

立て続けに打たれたが、どんなに痛めつけられても、麻也は答えず、悲鳴ひとつあげない。

見守っていた肥前は、なおも痛めつけようとする配下を止めた。

「死んでも言うまい。だが、他人が同じ目に遭えば、そうはいくまい」

顎で指図すると、にやけた侍が座敷に上がり、襖を開けた。

そこには、下着一枚にされた鈴乃が、縄で縛られて横たわっていた。

侍は鈴乃を起こして座らせ、胸をはだけさせて鞭を振り上げた。

「待ってくれ！」

叫ぶ麻也に、侍が手を止めて顔を向ける。

「言うから、その女を離してやってくれ。何の罪もない人だ」

肥前がうなずくと、侍は手を下ろし、鈴乃の縄を解いて着物を投げ渡した。

恐怖に震えている鈴乃は麻也を見てきて何か言おうとしたが、

「行くんだ」

麻也が言うと、着物を抱いて外へ出ていった。

「早く言わねば女を連れ戻すぞ」

侍に言われて、麻也は悔しさに目をつぶり、歯を食いしばった。

四

この日、信平は加茂光行と光音に同道を願い、三条にある三倉家の屋敷前にいた。

三倉家のことを調べた千下頼母によると、京の地で代々刀を作る家柄。先代長由《おさよし》までは、主に京詰の藩士たちを相手に刀を作っていて、安価で優れたものだとの定評により家は栄えていた。

病没してしまった長由の遺言により六代目を継いだ長胤は、武家の刀を鍛える前に氏神神社へ奉納したいと願い、日頃の感謝を込めて神刀を鍛えた。

その見事さに感銘した宮司が、是非とも宮中へ献上するべきだと促し、言われるとおりに精魂を込めて刀を鍛えた長胤は、宮司の紹介を得て、めでたく帝に献上を果たした。

その刀は太刀ではなく守り刀だったのだが、帝はいたく気に入り、長胤に内匠助の官職を授けて庇護《ひご》したという。

そこまで告げた頼母は、門を見上げた。

「この屋敷は、元は公家のものだったそうです」

確かに、信平が幼い頃には公家が暮らしていたと思われる。その名残がある表門は唐破風《からはふ》だ。土塀はところどころ傷みが見え、門前の石畳の隙間には草が生え、空き家になって年月が過ぎているように思える。

江島佐吉が門扉の隙間から中をのぞき、信平に振り向く。

「庭も草だらけで、中に人がいるようには思えません」

「そうか」

応じる信平の横にいた光音が、光行にうなずいて歩み出ると、門扉の前で正座した。

手を合わせて目をつむり、声に出さぬ呪文を唱えた。

光行が信平に小声で教える。

「家というものは、そこに生きていた者の念が残っておる。光音は、残っておる三倉内匠助殿の念を見つけ出し、それを辿《たど》って今どこにおるか探ろうとしているのだ」

「そのようなことができるのですか」

驚きを隠せぬ信平に、光行は微笑む。

「光音にとっては、難しいことではない」

「それほどの術を操る光音殿のことを、京の役人が頼って来ませんか」

「それよ。今年の夏にな、噂を聞きつけた役人がやって来て、逃げた下手人の居所を探るよう頼まれたことがある」

「見つけ出したのですか」

「うむ」

「では、ことあるごとに頼られるのでは」

「頼って来た役人には、光音のことを固く口止めした。というのもな、生きておる者を捜すのは酷《ひど》くくたびれるらしく、見つけた後は二日も眠り続けた。役人の頼みをすべて聞いていたのでは、身が保たぬ」

「それだけ、身体に負担がかかっているのですか」

「そうじゃ。陰陽道の秘術は体力と気力をすり減らす。光音のように小さな身体では、役人に押し寄せられたのではかなわぬゆえ、いなくなった善人を見つけることと、よほどの悪人に関わること以外は断っておる。言うておくが、信平殿は特別じゃ」

「では、このたびのことも……」

光行は険しい顔でうなずく。

「光音には、ようない影が見えておるようじゃが、まだはっきり分からぬらしい。いやな予感というやつじゃ」

何が見えているのだろうか。

気になった信平は、光音を見た。

そのあいだも、光音は探っている。

道を行き交う者たちが何ごとかと不思議そうな顔をして、中には立ち止まる者もいる。

信平たちは、光音の気が散らぬよう周囲を囲み、静かに見守った。

程なく手を下ろした光音は、長い息を吐いて前屈《まえかが》みになった。

心配した信平が手を差し伸べようとするのを光行が止め、放っておけ、という目顔で首を横に振る。

黙って見ていると、光音は顔を上げた。表情に笑みはない。

「捜し人は、伏見にいます」

頼母が信平に顔を向ける。

「伏見には、三倉家の別宅がございます」

信平は応じた。

「そこに逃れていたか。別宅は伏見のどこにある」

「申しわけございませぬ。つかめておりませぬ」

「光音、行けば分かるのではないか」

光行に言われて、光音は立ち上がった。

「まいりましょう」

「疲れておらぬか」

気づかう信平に、光音は笑顔で頭《かぶり》を振る。

高齢の光行には家に帰ってもらい、佐吉と頼母と鈴蔵を従え、光音を町駕籠に乗せて伏見へ向かった。


三倉内匠助は確かに、伏見の別宅にいた。

三倉兄弟が幼少の頃よく遊んだ場所は、両親を病《やまい》で亡くした兄弟を引き取ってくれた当時の三倉家当主、長由の別宅だ。

この別宅は、長由が没した頃から足が遠のき、ここ数年は空き家状態になっていた。別宅といっても遊びに来るためのものではなく、長由が売り物ではない太刀を作る時に籠もっていた場所で、その鍛冶場は、当時のまま残っている。

長由は、引き取った兄弟を我が子として育て、可愛がってくれた。当時六歳と三歳だった内匠助と麻也は、長由がここに籠もる時は必ず連れてこられたのだが、手元に置いておくだけで遊んでくれることはなく、太刀作りに没頭していた。

そのため三倉は、麻也と二人で屋敷の庭で遊び、広い築山の植木は幼い兄弟にとってはちょっとした森で、木登りもできるおもしろい場所だった。

長らく空き家にしていたため、中は少しだけ、かび臭くなっている。雨戸を開け、草だらけの庭を眺めながら昔のことを思い出していた。

枯れてしまっている松の枝の向こうに見える伏見稲荷大社《ふしみいなりたいしゃ》の屋根を見つつ、麻也が来ることを願った。

だが、その願いは届かなかった。庭に現れたのは麻也ではなく、肥前と配下たち。驚きで声も出ぬ三倉は、すぐさま家に入って裏から逃げようとしたのだが、裏からも配下が入り、囲まれた。

庭から土足で上がった肥前が、両肩を押さえられてひざまずかされた三倉の前に来た。

「どうして逃げる。我らのために刀を作れば、万両の金が儲かるではないか」

三倉は肥前を睨み上げた。

「わたしは帝の刀匠だ。人殺しに使うお前たちの刀など作らぬ」

「愚かな」

「江戸で奪った刀をどうしたのだ」

「次郎などとふざけた銘を刻んだ刀のことなら、三倉内匠助の証しである三の銘を刻み、我らが持っている。悪いことは言わぬ。残りの刀を作れ」

「断る」

顔をそむける三倉に、肥前は眼差しを鋭くした。

「手荒な真似はしたくなかったが、仕方ない。連れていけ」

応じた手下の侍たちが、三倉を立たせて縄で縛り、外へ出た。

玄関先に置いていた駕籠に押し込み、門から出ようとした時、町を見張っていた手下が駆け込んできた。

「肥前様、鷹司信平の一行が伏見の町へ入り、こちらに向かっています」

「やはり来たか」

肥前は鼻先で笑い、背後にいる痩せた剣客に振り向く。

「お前にまかせる」

痩せた剣客は編み笠の端を持ち上げ、唇に笑みを浮かべた。

「承知」

三倉を乗せた駕籠を守って外へ出た肥前と手下たちは、足早に去った。

気を探っていた光音が立ち止まった。

目を閉じたままの光音は、難しそうに眉根を寄せている。

伏見稲荷大社の門前町は参拝客で混み合い、その者たちの高ぶった気持ちが光音を迷わせているのだろうか。

そう案じた信平であるが、ここは静かに見守るしかなかった。

頼母が小声で信平に言う。

「そこで訊いてまいります」

迷う光音を助けようとしているらしく、近くの商家に入り、店の者に道を訊《たず》ねた。

外に出てきた手代が、三倉家の別宅までの道を教えてくれた。

光音を促した信平は、頼母に付いて歩みを進める。

別宅は、伏見稲荷大社にほど近い場所にあった。人気が少ない細い路地を進んだところに門があり、佐吉が門扉を手で押してみると、錆《さ》びた音をあげて開いた。

「ここにはいません」

光音が言い、信平の袖を引く。

信平はこの時、中に潜む気配に気付いていた。

「佐吉、光音殿を守れ」

命じて門内へ入ると、母屋の戸口から編み笠を着けた侍が出てきた。

黒羽二重《くろはぶたえ》姿の侍は、柄が長い大刀を灰色の帯に差している。

立ち止まる侍に、信平が歩みを進める。他に気配はない。

「鷹司信平か」

「いかにも。三倉内匠助殿をどこに連れていった」

「争いはしたくない。刀を捨てて従っていただこう」

信平は間合いを空けて立ち止まった。

「会わせてくれるのか」

「同じことは言わぬ。後ろの者たちもだ」

「佐吉、頼母、言うとおりにいたせ」

二人は信平に従い、大小を外して地べたに置いた。

信平も狐丸を鞘ごと外し、侍に渡した。

「お前だけ付いてこい」

侍は信平に言い、油断なく歩いた。

従って後ろに続くと、表の庭に入り、母屋の縁側に向かって歩む。

信平は警戒した。

「ここにはいないはずだが、どこへゆく」

すると、草が生えた庭の中程で立ち止まった侍は、狐丸を投げ捨てるや、抜刀して振り向いた。

「恨みはないが、死んでもらう」

編み笠の下に見える口に一瞬だけ嘲笑《ちょうしょう》を浮かべ、猛然と斬りかかってきた。

袈裟懸けに打ち下ろされる太刀筋は鋭い。

飛びすさって刃をかわした信平を侍は追い、返す刀で斬り上げる。

確かに切っ先は信平を捕らえたはず。だが、侍の顔に困惑が浮かぶ。

信平の横腹を斬るはずの刀は、受け止められている。狩衣の左袖に、きらりと光る刀があることを知った侍は、慌てて離れた。

「おのれ、卑怯《ひきょう》な」

怒る侍に、信平は隠し刀を下げて言う。

「己のことを申しているのか」

「ふん。隠し刀は意表を突いてこそ意味がある。もはや、我が剣には勝てぬと知れ」

刀を正眼に構えた侍は、隙なく間合いを詰め、気合をかけて振りかぶるや、幹竹割《からたけ》りに打ち下ろす。

侍渾身の一撃は、信平の隠し刀を粉砕して肉を切るほどの威力がある。

だが、目の前から信平が消えた。

空振りした侍は、右に逃げた信平を追って刀を一閃したが、振るった右腕から血しぶきが飛んだ。

右手ににぎっていたはずの刀は、地べたに落ちている。刀を打ち下ろす隙を突かれて手首を切断されたことにようやく気付いた侍は、左手で腕をつかんで膝をつき、遅れて襲われた痛みに呻いた。

信平が隠し刀を突きつけ、厳しい目を向ける。

「勝負はついた。三倉殿の居場所を教えていただこう」

侍は、脂汗を浮かせた顔を上げ、信平を睨んだ。

「もはや、誰にも止められぬ」

そう言うなり左手で脇差しを抜き、自ら首を斬って果てた。

止める間がなかった信平は、腹立たしさに息を吐き、哀れみが滲《にじ》む目を閉じた。背後から湧き上がった気配を察して、表の門に振り向くと、佐吉たちのところへ戻った。

「そこにいるのは分かっている」

信平の声に驚いた佐吉と頼母が光音をかばい、身構えて警戒した。

外から入ってきたのは、黒い狩衣を着けた男だ。歳は二十代半ばほどか。

整った顔に微笑みを浮かべて歩み寄る男が、侍の骸《むくろ》を一瞥して表情を曇らせ、ため息をついた。

「せっかくの手がかりを死なせるとは、随分手荒なことをされる」

穏やかな口調で言う男に、佐吉は不服そうだ。

「お前は何者だ」

「失礼。わたしは東中将基通《ひがしちゅうじょうもとみち》と申します」

「公家のお方だ」

信平が言うと、佐吉と頼母は構えを解いた。

「鷹司信平です」

「お名前は存じております」

頭を下げた基通が、帝の命で三倉内匠助を捜していたのだと教えた。

「内匠助殿らしきお方を見たという知らせを受けて急ぎまいりましたが……」

ふたたび骸を見る基通に、信平が言う。

「麿たちが来た時には、この者が待ち構えていた。ひと足違いで連れ去られたようだ」

「そうでしたか」

基通は残念がり、信平に顔を向けた。

「いかがでしょう。これよりは共に捜しませぬか」

帝のそば近くに仕える東家のことを知る信平は、基通とは初めて会うのだが、快諾した。

「一人で捜しておられたのか」

信平の問いに、基通はうなずく。そして光音を見た。

「あなたは？」

「加茂光音です」

すると基通は、歩み寄って両手をつかんだ。

驚いて身を引く光音に顔を近づけ、優しく微笑む。

「お噂は聞いています。一度お目にかかりたいと思うていました。以後、お見知りおきを」

困った様子の光音を見かねた頼母が歩み寄り、咳ばらいをして割って入った。

「光音殿、内匠助殿の居場所を探れますか」

「はい」

手を離した光音は、微笑みを崩さぬ基通から逃げるように家に入り、大きな息を吐いて気持ちを落ち着かせると、気を探った。

その姿に、基通は興味津々だ。

「噂の秘術をこの目で見られるとは。それにしても、実にお美しい」

基通の声が耳に入った光音は、気が散ってしまい、目を開けた。

佐吉が基通を下がらせ、静かに、と言って黙らせた。

基通は扇を唇に当て、光音の視界に入らぬよう気を遣う。

もう一度気を探った光音。静かな風が家に流れ、頬に垂れている髪の毛を揺らす。

「鴨川《かもがわ》の上流に向かっています」

目を閉じたまま告げた光音は、さらに探ろうとしたが、急に苦悶の色を浮かべて頭を抱え込んだ。

信平が駆け寄り、横に倒れる光音の身体を受け止めた。

頭の痛みを訴えた光音が、辛そうに座り直し、何かを断ち切るように目の前で呪文《じゅも》字《じ》を切り、屈み込んだ。

「光音殿、いかがした」

心配する信平の背後に皆も集まり、基通が声をかけた。

「横になられたらいかがか」

　すると光音は頭を振り、身体を起こして息を吐いた。

「向こうにも、わたしと同等か、それ以上の力を持つ者が付いています。探りに気付かれ、念を返されました」

　基通は光音を心配しつつ、信平に言う。

「光音殿を苦しめるとは、相当な術の遣い手。内匠助殿がここにいるのを見つけたのも、その者の仕業でしょうか」

　分からないと答えた信平は、基通に顔を向けた。

「攫った者が誰なのか、存じておられるのか」

　基通は真顔を横に振る。

「分かりませぬ。ですが攫うた者が、三倉内匠助殿が京から姿を消すきっかけとなったのは、間違いないかと。正体は分かりませぬが、その者たちは、帝がご依頼された神剣を鍛えている最中の内匠助殿に、しつこくつきまとっていたようですから」

「刀を作らせるためだな」

　信平が訊くと、基通は深刻な顔をした。

「今の世で、帝の刀匠はただ一人。しつこくしていた者は、三倉内匠助殿が鍛える刀を欲しがっていたようです」

「そのことは、どなたから聞かれた」

「所司代殿です」

「そうか……」

落胆する信平に、基通はうかがう眼差しを向けてきた。

「いかがされました」

「詳しく聞きたいところだが、所司代殿から、この件には手出し無用と言われている」

すると基通は、笑みを浮かべた。

「信平殿、わたしに付いてまいられよ」

「どこに行かれる」

「所司代殿に、訊きにまいりましょう」

「されど、今申したように所司代殿は……」

「わたしが助けを求めたこととすれば、所司代殿は何も言われぬはず。さ、まいりますぞ」

少々強引だが、所司代から情報を引き出すよい折だと思う信平は、光音を助けて立たせ、伏見稲荷大社の門前町に待たせていた町駕籠に乗せて京へ戻った。

五

所司代の役宅を訪ねると、永井伊賀守は役務のためすぐには会えなかった。通された大部屋で待つこと半刻（約一時間）。側近を伴いようやく現れた永井の顔には、不機嫌が浮いている。

だが、部屋に入って信平たちの前に来ると、表情をやわらげて正座し、穏やかにあいさつをした。そして、意外そうな顔を信平に向ける。

「信平殿、何ゆえ東中将殿と共におられる。内匠助殿のことは、それがしにまかせてくれと申したはずですが」

「まあそうおっしゃらずに」

基通がかばい、三倉が連れ去られたことを教えた。

永井は驚かなかった。

基通がさらに言う。

「攫ったのは、帝の刀匠が鍛える刀を欲しがる者たちに違いないかと思いますが、所司代殿は、その者が誰であるか、目星をつけておいでか」

「いや。残念ながら、分かっておりませぬ」

するると、信平の後ろに座っていた光音が永井を見つめ、指差した。

「この人は嘘をついている」

曇りのない目で見つめられ、永井は焦った。

「な、何を言うか無礼な。信平殿、この娘は誰です」

「加茂家の跡を継がれる光音殿です」

永井は口を開けて驚いた。

「なんと。人を殺《あや》めて逃げた男の隠れ場所を言い当てたことは聞いている。信平殿、この娘御がまことに、本人か」

「はい」

嘘が通じぬ相手と分かりながらも、永井は落ち着きを取り戻した。

「いやあ、想像していたよりも華奢《きやしや》で、なんともお美しいですな。そうでしたか、そなたがあの、陰陽師でしたか」

「永井殿、ご返答を」

基通が今一度訊ねたが、

「嘘ではないですぞ」

永井はとぼける。

光音が不服そうな顔をしても、永井は見ぬようにして言おうとしない。

基通はそんな永井を見据えた。

「いたしかたありませぬ。これより宮中に戻り、所司代殿はわたしに手を貸すつもりがないことを帝にご報告します。信平殿、行きましょう」

立ち上がろうとするのを、永井が止めた。

「待たれよ。そのようなことをされたのでは、わしが公儀より叱られる。分かり申した。お教えいたすゆえお座りくだされ」

基通は座り直し、信平は光音に振り向いた。

動いていなかった光音は、信平に微笑む。

永井はため息をつき、仕方なさそうな態度でしゃべった。

「帝の刀匠である三倉内匠助殿にしつこく刀を作らせようとしているのは、おそらく公家の者」

意外な答えに信平は驚いた。

基通も同じらしく、信じられないと言う。

「確かなことですか」

訊く基通に、永井はうなずいた。

「いったい誰ですか」

「それが分かっておらぬゆえ、言わなかったのです」

「名も分からぬ者を、何ゆえ公家だとおっしゃる」

永井は基通に、探るような眼差しを向けた。

「日ノ本を皇国と呼び、皇国の政は朝廷が為すのが本来の姿だという声が、公家のあいだに広まっているそうですな。耳にしたことはありますか」

「そのような考えを持つ者がいるという噂があるとは、聞いたことがあります」

「さよう。噂、です」

基通が訊く。

「所司代殿は、噂を流した者をお疑いか」

「噂を流した者ではなく、元となった者が誰かを、突き止めようとしているところです。その者は、徳川将軍家がこの国を動かしていることを恨んでいるはず」

「仮にそうだとして、三倉内匠助殿が鍛える刀とどう繋がるのです」

「それは、間もなく分かることです」

含んだ言い方に、基通はいぶかしむ顔をした。

「どういうことです」

「そなた様たちが来られる少し前に、町中に放っている密偵が三倉内匠助殿を乗せた駕籠を見つけたのです。すぐさま配下に命じて出役させておりますので、今頃は追い付き、捕らえにかかっておろうかと」

信平が訊こうとしたが、基通が止めて口を開く。

「その配下は、武芸に優れた者ですか」

「ご心配なく。指揮を執る田崎久蔵《たざききゅうぞう》は、我が配下随一の遣い手である与力。また捕り方も、手練《てだれ》ばかり揃うておりますゆえ、必ずや悪人を捕らえ、帝の刀匠を無傷で連れ戻してくれましょうから、安心されよ」

余裕げな永井から目筋を転じた信平は、光音と目を合わせた。

浮かぬ顔をしている光音は、探ろうとしても見えないらしく、こめかみを押さえてうつむいている。まだ邪魔をされている様子に、信平はいやな予感がする。

「捕らえた者どもを拷問してでも、裏で糸を引く者が誰であるかを突き止めてやりますぞ」

「永井殿、与力はどこへ向かわれましたか」

信平の問いに、機嫌良くしゃべっていた永井が険しい顔を向ける。

「信平殿、人の話を聞いておられぬのか」

「お教えください」

「手出し無用」

不機嫌に言う永井は、教えようとしない。

信平は、光音が伏見の別宅で告げた、鴨川の上流へ向かっている、という言葉を思い出し、狐丸をつかんで立ち上がった。

「所司代殿、光音殿を頼みます」

言い置いて立ち去る信平を、佐吉たち家来と基通が追って出る。

永井は止めようとしたが、こころを見透かすような眼差しを向けている光音と目が合った刹那に動けなくなり、目を見開いた。

六

与力の田崎久蔵は、十二名の手勢を率いて川端を走り、途中で待っていた密偵の仲間に案内させて先を急いでいた。

京で生まれ育った田崎にとって、帝は特別な存在。今は徳川の禄《ろく》を食《は》んではいる

が、代々京の治安を守る家柄ゆえに、

（このたびの出役は、帝の御《おん》ため）

口には出さずとも、心根はそうなのである。

「者ども急げ。刀匠を必ず助けて、帝のご期待に応えるのだ」

「おう！」

従う者たちも京生まればかり。皆も帝の御ためと張り切っている。

足を速めて鴨川の上流へ行くと、高野川と賀茂川に分かれる手前に架かる橋の袂で
もう一人の密偵仲間が待っていた。

「おい、どっちへ行った」

訊く田崎に、百姓に扮《ふん》している密偵は左の賀茂川を示す。

「あれに見えるが、奴らです」

立ち止まって見る田崎から遠く離れた土手の道に、駕籠を囲んで歩いている者たち
がいる。

「駕籠かき以外の四人は皆、大小を手挟《たばさ》んでおります」

教える密偵に、田崎がうなずく。

「我らには敵わぬ。気付かれぬよう先回りをするぞ」

手勢を率いて土手の道から外れた田崎は、町家のあいだの道を走り、辻を右に曲がると、賀茂川の左岸に並ぶ寺の前を走った。

九軒目の長福寺《ちょうふくじ》を過ぎ、さらに走って西光寺《さいこうじ》の角を右に曲がり、門前を横切って川に向かった。

先頭の同心が皆を止め、物陰から土手をうかがう。程なく、田崎に向いてうなずいた。

「それ」

号令した田崎が手勢を率いて走り、侍どもの行く手を塞いだ。

「その駕籠を検める。神妙にいたせ！」

十手を向けて言う田崎に、侍たちは止まった。

前にいた二人が戸惑った顔で振り向き、総髪を束ねた色白の男が後ろから現れた。

跡をつける気配を感じて警戒していた、肥前だ。

「お前たちは駕籠を守れ」

肥前は顔色ひとつ変えずに言い、前に出る。

刀の鯉口を切る肥前に、田崎は険しい顔をする。

「おのれ、抗うか。皆の者、取り押さえろ！」

「おう！」

同心たちと捕り方が前に出て、刀と六尺棒を向ける。

肥前は止まらず迫った。

同心が対峙し、

「てや！」

刀で斬りかかった。

だが、渾身の一撃を肥前はものともせず、居合抜きに弾き上げた。

「むう」

細身の身体からは想像できぬ強い力に、同心は下がる。肥前は切っ先を向けて前に出るや、右側から斬りかかってきた背の高い同心の刀を受け止め、すり流して刀を振るい、相手の腕を斬った。

電光のごとく凄《すさ》まじい太刀筋にやられて呻いた同心が、腕を押さえて下がる。

捕り方が六尺棒を突き、別の捕り方は打ち下ろす。

前後左右、四人が息を合わせた攻撃であったが、すべてを見切った肥前にはかすりもしない。

ぎらりと光る刀を一閃されたかと思うや、六尺棒は切り飛ばされた。

これほど凄まじい遣い手を相手にした経験がない捕り方たちは、短くなった棒を見て息を呑み、肥前から下がった。

入れ違いに出た勇気ある捕り方が、同心と対峙してこちらに気付いていない様子の肥前に、

「えい！」

気合をかけて六尺棒を突き出した。

脇腹を突いたかと思われたその刹那に、肥前は迫る六尺棒を見もせず切り飛ばす。

そして、隙と見て斬りかかった同心の刀を、右手ににぎる刀で弾き上げた。

鋼《はがね》がぶつかる軽い音が響き、同心の刀は半分から先が切り飛ばされた。

下がろうとした同心は、首にぴたりと刃を当てられて、顔を引きつらせた。

「た、助けてく……」

命乞いをする暇も与えず振るわれた刀で肩を峰打ちされ、同心は気絶して倒れた。

大勢を相手に息も上がらぬ肥前を前に、捕り方は足がすくみ、動けなくなっている。

同心は傷を負い、まともに戦えるのは田崎のみ。

肥前は田崎を睨み、刀を正眼に構えた。その後ろを、駕籠を守った侍たちが先へ進

む。

田崎は肥前から目を離さず、十手を帯に差して抜刀した。

陣笠《じんがさ》に胴具を着け、羽織袴姿の田崎は、切っ先を肥前の喉元に向けて構え、じりじりと間合いを詰めた。

所司代が配下随一の遣い手と言うだけあり、剣気は凄まじく、隙はまったくない。

対する肥前は、防具を着けぬ羽織袴姿。肩の力を抜き、ゆったりと正眼に構えている。

一見すると隙だらけだが、田崎は切っ先が触れる手前で足を止め、そこから動けなくなった。このあいだにも、内匠助を乗せた駕籠は離れていく。

田崎の目つきが変わった。一瞬前に出て誘いをかけたが、肥前は動じぬ。

ふたたび前に出ると見せかけると、肥前はぴくりと動いた。

隙あり。

田崎は見逃さず出た。

裂帛《れっぱく》の気合をかけると同時に斬り下ろす。

肥前は刀を受け止めたが、これも田崎の手のうち。腰を入れて体当たりし、離れたところを狙って一文字に一閃した。

凄まじい攻撃にもかかわらず、肥前は飛びすさってかわした。

こちらが上手《うわて》と見た田崎は、手をゆるめず追う。

「えい！」

袈裟懸けに打ち下ろし、返す刀で足を狙って斬り付けるや、切っ先で制して押し、下がる肥前を土手の端に追い詰めた。

田崎が脇構えに転じて言う。

「観念して神妙にしろ！」

すると、肥前は鼻で笑った。

「その程度で勝った気になるとは愚かな」

刀を向ける肥前の気迫が一変し、身体が一回り大きくなった錯覚に襲われた田崎は、一瞬だけひるんだ。

負けじと、裂帛の気合をかけた田崎が斬りかかる。

だが、打ち下ろした刀を弾き上げられ、はっとする間もなく胸を突かれた。帝の刀匠が鍛えた刀は胴具を貫き、胸に達している。

「うっ」

痛みと死の恐怖に目を見開いた田崎は、動けなくなった。

「死にたいのか」

肥前に言われて、田崎は刀を捨てた。

「それでよい」

刀を抜かれた胴具に手を当てた田崎は、顔をゆがめて片膝をついた。

呻く田崎に、肥前が切っ先を向ける。

「その顔を次に見た時は容赦せぬ」

そう言うと離れ、走り去った。

「くっ、おのれぇ」

悔しがった田崎は、両手をついて歯を食いしばった。

痛みに耐え、所司代に知らせるために立とうとした時、目の前に人が現れた。

見上げると、黄ばんだ色の、だぶついた着物に白い股引を穿いている二人組が、立ち去った肥前を見ていた。

「何者だ」

田崎の問いにまったく答えぬ二人は、互いの顔を見合わせた。

「奴は甘い」

一人が言うと、仲間が田崎を見おろした。

その者の目つきを見た田崎は、脇差しに手をかけた。抜くより先に喉を切られ、目を見張った田崎は、声もなくその場に崩れ伏した。

二人組は、すすきに向かって刃物を投げた。

潜んでいた密偵が肩を貫かれ、呻き声をあげて土手から転げ落ちた。

一瞬の出来事に、配下の同心や捕り方たちは悲鳴をあげて下がり、身構えている。

だが二人組は、小者には目もくれずに走り去る。

信平がようやく追い付いたのは、二人組の姿が見えなくなった時だった。

伏して動かぬ田崎に駆け寄った鈴蔵が、血で汚れた地面と喉を見て、遅かった、という顔で首を振る。

傷を負っている同心に歩み寄った信平は、腕の血止めをしてやった。

「殺されたのは与力か」

手当てをしながら訊くと、同心はうなずいた。

「恐ろしい相手でしたが、田崎様は命までは取られていなかったのです」

「どういうことだ」

「後から来た二人組が、卑怯にも、動けぬ田崎様の命を奪ったのです」

「その者たちは仲間か」

「おそらく」

「三倉内匠助殿は見たか」

「見ていませぬが、駕籠の中におられたかと」

「どちらに逃げた」

「賀茂川の上流です」

信平はうなずいた。

「戻って傷の手当てをいたせ」

そう言って立ち上がる横に、基通が来た。

「三倉内匠助の生みの親は、確か鞍馬の出だったはず。一旦戻り、光音殿に探ってもらいますか」

所司代の役宅に残した光音に訊きに帰る間はない。

信平は、頼母を呼んだ。

「麿はこれより鞍馬へ向かう。光音殿が見えるかどうか分からぬが、頼んでみてくれ」

「承知しました」

「これまでのところ、相手に先を越されている気がする。むやみに動けば悟られるゆえ、鞍馬寺の麓にある草庵《そうあん》という宿にて光音殿の返答を待つ」

「急ぎまする」

立ち戻る頼母を見送った信平は、佐吉と鈴蔵と基通の四人で鞍馬へ向かった。

第四話　京の魑魅《すだま》

一

鞍馬寺の麓にある村からさらに山奥に入ったところに、一軒の家がある。

藁葺きの母屋は、村の農家よりは大きいものの、特に目を引くほどのものではない。漆喰《しっくい》が剝げた土塀で囲まれている敷地は広く、庭は荒れ、伸びた草が枯れて倒れたままになっている。

藁葺き屋根の表門の前には見張りが二人立ち、敷地内では数人の侍が見回りをしていて、警固は厳重だ。その敷地の一角に建つ瓦屋根の鍛冶場に、三倉内匠助は弟の麻也と並んで、土間に座らされていた。

三倉が見つめる先では、一人の侍が火床《ほど》に炭を熾《おこ》している。鞴《ふいご》で風を送るたびに炎と火の粉が上がり、熱気が伝わりはじめた。

三倉は、先ほどからしつこく言葉を繰り返している商人には聞く耳持たずといった体で、見向きもしない。

真っ赤に熾った炭を見つめながら考えているのは、江戸にいるおつるのことだ。

もう二度と、優しい妻に会えぬかもしれない。

そう思うと、寂しさでこころが沈んだ。

「聞いておられますのか！」

商人に肩をたたかれ、三倉は顔を向けた。見たくもない顔に強い不快を覚え、怒りを抑えられない。

「成太屋《なるたや》源治郎《げんじろう》、わたしは二度と、お前の仕事は受けぬと言うたはずだ」

強欲が張り付いた脂ぎった顔の商人は、贅肉《ぜいにく》で横に張った頬を揺らし、やれやれ、と顔を左右に振りながら離れた。そして、床几に座っている総髪を束ねた侍に向く。

「肥前様、口で言うて聞くようなお人ではないようですよ」

三倉は肥前を見て、成太屋を睨んだ。

「当然だ。わたしは、神社に奉納される太刀しか作らぬと決めている。お前が博多《はかた》の太宰府《だざいふ》天満宮《てんまんぐう》に奉納したいと言うから、仕事を受けたのだ。それなのに、渡した刀をこの者が持っているではないか」

三倉が指差すと、肥前は片笑む。

成太屋が機嫌を取るような態度で接する。

「まあまあ、そう怒りなさんな。わたしはね、お前様の腕を遊ばせておくのは惜しいとおっしゃったやんごとなきお方から頼まれて、話をさせてもらったのです。嘘をついていたのはあやまります。ですが内匠助様、これだけは信じてください。わたしがお願いする刀は、帝の御ためになるものでもあるのですよ」

「人を殺すことを躊躇わぬ者に持たせておいて、何が帝の御ためか。騙されぬ」

成太屋は、顔から笑みを消した。

「そうですか。それじゃ、仕方ありませんね。肥前様、後のことは任せますよ。わたしは用がありますので帰ります」

出ていく成太屋を目で追った肥前は、立ち位置を変えた。

見上げた三倉が問う。

「何をする気だ」

肥前は見おろすだけで答えない。

三倉が眉間にしわを寄せる。

「お前はさしずめ、成太屋にとっての邪魔者を闇に葬るために雇われた殺し屋であろう。わたしのその刀で、何人殺したのだ」

肥前は表情を変えず抜刀し、麻也の喉元に刀を突きつける。

「つべこべ言わず、刀を鍛えると言え」

麻也は怯えた顔をしている。

それでも三倉は、訊かずにはいられなかった。

「どうしてわたしの刀を欲しがる。お前は、その刀を成太屋から買ったわけではあるまい。奴は、帝の御ためと言うたが、何をたくらんでいるのだ。わたしの刀を何に使う気だ」

肥前は麻也の喉元から刀を引き、三倉に顔を向けた。

「我らは、帝の刀匠が鍛えた刀が欲しいだけだ」

三倉は目を見張った。

「嘘だ。わたしの刀を帝の剣と称して、何かことを起こすつもりであろう」

「知らぬほうが身のためだ」

肥前の答えに、三倉は問い詰める顔をする。

「お前まさか、徳川を恨む公家の手下なのか」

「黙って我らに手を貸すなら、教えてやる」

だが三倉は問う。

「糸を引いているのは誰だ。公儀に京を追放された西院家、いや、下御門《しもみかど》……」

三倉がそこまで言った時、背後から喉元に刃物を突きつけられ、息を呑んだ。

「知らぬほうが身のためだと言われたのが聞こえないのか」

刃物を突きつけた者の顔は三倉には見えないが、声は女。

気配なく現れた女を恐れた三倉は、視界の端に見えた影に目だけを向けた。すると一匹の猿が近づき、動けない三倉を見てきた。

猿はすぐに興味をなくし、背後に回った。

肥前が言う。

「黙って言うとおりに作れ。さもなくば、弟の首をはねる」

たった一人の弟を殺させないために、三倉は考えた。そして、震える声で訴えた。

「弟は、刀造りには欠かせぬ相方だ。殺せば終わりだぞ」

肥前は鼻で笑った。

「放してやれ」

声に応じて、三倉の喉元から刃物が下げられた。

振り向くと、若い女が見おろしていた。その目つきは鋭く、恐れた三倉はすぐに前を向いた。

「兄上」

麻也の切迫した声にはっとして顔を向けると、侍に背中を押さえられて屈まされていた。

肥前が麻也の背後に回っている。

「やめろ！」

叫ぶ三倉に、肥前は冷酷な目を向ける。

「お前が刀を作らぬと言うなら、帝が気に入る刀匠を他に捜すまでだ」

そう言うなり、刀を振り上げた。

「待ってくれ！」

三倉が叫んだ時、打ち下ろされた肥前の刀は、麻也の後ろ首の寸前で止められている。

恐怖に麻也が叫び、充血した目を三倉に向けた。

助けを求める顔に三倉は安堵し、身体から力が抜けた。

「分かった、言うとおりにする。するから、弟だけは助けてくれ」

「初めから応じていれば、このようなことにならず、一万両も手に入っていたものを」

「馬鹿な奴」

肥前に続いて言う女は、肩に乗ってきた猿を可愛がりながら三倉から離れていき、長床几に腰かけた。

そんな女を一瞥した肥前は、三倉の背後に歩み、何かを取り出して戻ってきた。

「今からはじめろ。これを仕上げるのだ」

そう言って肥前が向けてきたのは、作りかけの刀。帝から依頼され、人に知られぬよう気をつかって鍛えていたものだ。

「馬鹿な」

思わず声に出した三倉は、肥前を見上げた。

「隠し場所が、どうして分かった」

「我らには、優れた術を使う者が付いている」

答えたのは、肥前ではなく女だ。

三倉が顔を向けると、いつの間に現れたのか、女の背後に黒染めの法衣を着けた僧侶が立っていた。

その僧侶は目を閉じて下を向き、首をかしげている。何かを探ろうとしているかのように、三倉の目には映った。

「刀を見つけたのは、あの坊様だというのか」

否定しない肥前は、僧侶に顔を向ける。

「またこちらを探られているのか」

僧侶は答えず、顔に苦悶を浮かべている。

三倉には、僧侶が目に見えぬ何かと闘っているように思え、背筋が寒くなった。

その目に見えぬものを断ち切るかのごとく、僧侶が呻き声をあげた。そしてふたたび探るようなしぐさをすると、目を見開いた顔を肥前に向けて告げる。

「信平が、鞍馬の地へ入りましたぞ」

肥前は刀を鞘に納め、下を向く。

「伏見から手の者が戻らぬと思えば、しくじっていたか。ここは、わたしが行って斬るしかなさそうだな」

「その必要はない」

女に言われて、肥前は顔を向けた。

「お絹殿、それはどういう意味か」

「ここに来る時に手の者を山に潜ませている。お前は、早く刀を作らせろ」

そう言って出ていく女を見送った肥前が、三倉に言う。

「あの者たちにかかっては、生きられぬ。助けが来ると期待せぬことだ。早くはじめろ」

もはや恐怖に支配された三倉は、火床に向かい、肥前から受け取った作りかけの刀を見つめた。

帝の御ために鍛えていた刀を人殺しに使われると思うと、手が震える。

それでも、弟を助けるためと気を奮い立たせ、火床に差し入れようとしたが、

「できない」

目をつぶり、刀を置いた。

「兄上……」

麻也が不安そうに声をかけた。

顔を上げて見れば、肥前が麻也に刀を突きつけ、三倉に鋭い眼差しを向けている。

「兄弟揃って、ここで骨となりたいのか」

三倉は肥前を睨んだ。

「弟に指一本でも触れてみろ、刀を作らぬぞ」

肥前は薄い笑みを浮かべ、麻也の眼前で刀を一閃した。

浅い傷を負わされた麻也が悲鳴をあげ、右頰に赤い筋が浮いた。

「次はどこを斬ろうか」

「待て、待ってくれ」

三倉が止めると、麻也が叫んだ。

「兄上、こんな奴の言うことなんて聞かなくていい！」

傷を負わされて頭に血が上ったのか、麻也は目に涙を浮かべて肥前を挑発した。

「殺すなら殺せ。やれよ！」

対する肥前は、血が通わぬ者のような目を麻也に向けている。

殺される。

そう思った三倉は、大声をあげた。

「分かった！　作る、作るから、弟だけは殺さないでくれ」

肥前はほくそ笑み、麻也から離れた。

解き放たれた麻也が、這って三倉に近づく。

その肩を抱いた三倉は、肥前に顔を向けた。

「これが最後と、約束してくれ」

「そう願うなら、良い物を作ることだ」

三倉はうなずき、麻也に穏やかな顔を向ける。

「手伝ってくれ」

「兄上、わたしのために……」

「いいんだ。わたしの意地など、お前の命にくらべれば小さなものだ」

三倉は麻也をそばに座らせると、置いていた刀をつかんで見つめ、歯を食いしばって火に入れた。

肥前が安堵の顔をしたが、それは一瞬のこと。すぐさま厳しい顔をして念を押す。

「言うておくが、手を抜けば命はないものと思え」

言われなくとも、作るからには手抜きができぬ気性の内匠助だ。一旦はじめてしまえば雑念は消え、一心不乱に刀を鍛えた。

二

信平たちは、鞍馬寺の麓にある旅籠・草庵で頼母を待っていた。

光音と同等の力を持つ謎の僧侶によって、すでに鞍馬入りを知られているとは思いもせず、動かずにいたのだ。

信政が修行をしている山を部屋から見ることはできないが、近くにいるのは確か。会いたい気持ちもあるが、今は三倉を助けることが先だ。

信平が待ち望んだ頼母は、日がとっぷり暮れてから来た。

山駕籠を雇い、急がせてきたという頼母は、激しい揺れに憔悴《しょうすい》した顔をしている。

それでも、信平の前に来ると居住まいを正して伝えた。

「光音殿は探ろうと励まれましたが、光行殿が止められました」

「光音殿に大事はないか」

「気を失うように、深い眠りに就かれました」

信平は目をつぶり、息を吐いた。

「相手方に付いている者は、それほどに優れた者なのか」

頼母が真顔でうなずく。

「光行殿がおっしゃるには、光音殿がそこまで苦しむ姿は、見たことがないそうです。殿には、くれぐれも気を付けるようにとの言伝《ことづて》を預かりました」

そこへ、座を外していた基通が戻ってきた。

頼母がいることに気付き、足を速める。そして、光音のことを知ると驚き、心配した。

「何者か知らぬが、か細い乙女を苦しめるとは許せぬ」

基通の顔から、優雅な微笑みが消えている。

「信平殿、夜明けにはここを発ち、山へ入りましょう」

「その前に、村の者に話を聞こう」

「それは終わりました」

信平は基通を改めて見る。

「用というのは、村の者に訊きにまいられていたか」

「はい。知り合いに使いをしてくれる者を雇うついでに、村長《むらおさ》を訪ねました」

信平が期待すると、基通は意外なことを聞いてきていた。

それによると、三倉兄弟の生みの親は確かに鞍馬の出なのだが、村の者とは一切付き合いがなく、鞍馬街道を奥に行った人気のない山の中に暮らしていたという。

そこまで教えた基通は、一旦茶で喉を潤し、落ち着いた顔を信平に向けた。

「実の父親も、刀鍛冶をしていたそうです。腕は確かだったらしいのですが、京に売りに出ることはなく、もっぱら、丹波や若狭《わかさ》の国侍《くにざむらい》を相手に商売をしていたそうです」

佐吉が口を挟んだ。

「殿、その実家が今もあるとすれば、鍛冶場も残っているのでは」

そうかもしれぬと応じる信平に、頼母が言う。

「亡くなって年月が経っておりましょうから、道具は朽ちているのではないでしょうか」

「そのままにしておればそうかもしれぬが、内匠助殿が時折戻っておれば、話が変わってくる」

信平の言葉を受け、頼母が基通に顔を向けた。

「村の者は、そのことについて何か申しましたか」

「すまぬ。聞いておらぬ」

「では村長の家をお教えください。それがしが行ってまいります」

「鞍馬寺の山門前を京の方角へ戻った五件目の家だ」

頼母は疲れを忘れた様子で出ていった。

信平は佐吉に、宿の者に頼母の食事を支度させるように言い、帰りを待った。

にぎり飯と吸い物に、煮込んだ山菜を添えた膳を宿の小女が持ってくるのと、頼母が戻るのが同時だった。

「まずは冷めぬうちに食べるがよい」

信平はすすめたが、頼母は後でいただきますと言い、先に報告した。

「山に雑木の伐採をしに通う者が詳しいと申しますので呼んでもらったところ、確かに長年空き家になっていましたが、半年ほど前から人が出入りするようになっているそうです。その者たちはここのところ来なくなっておりましたが、三日前に、姿を見たそうです」

基通が信平に言う。

「逃げていた内匠助殿を見つけたことで、鍛冶場の手入れをしに来たと考えれば、人里離れた実家で刀を鍛えさせるつもりなのでしょう」

信平は同意見だった。

「頼母、家の場所を訊いたか」

「話を聞いた者にこれから行ってくれるかと申しましたところ、分かれ道が数ヵ所あるらしく、目印も分かりづらく夜は危ないと申して応じてくれませぬので、明日の朝、案内を頼みました。ここから一刻（約二時間）の道のりだそうです」

「存外遠いのだな」

「それがしもそう言いましたところ、獣道に近い山道を登るからだと申しておりました」

「では、今宵《こよい》は疲れを取っておこう」

信平が促すと、頼母はようやく箸を取った。

落ち着いたところで、基通が頼母に訊いた。

「光音殿は、眠りからさめるのであろうな」

「光行殿がおっしゃるには、丸二日眠られたことがあるとか」

基通は驚いた。

「飲まず食わずで、眠り続けられるのか」

「それがしも驚き訊きましたところ、二日後に目ざめられた時には、すっかりお元気になられていたそうです」

基通はごくりと喉を鳴らした。

「信平殿、光音殿は人でございましょうか」

信平は問い返す。

「なんだと思われる」

「生き神かと。不思議な力を持っておられる上に、飲まず食わずで二日も眠って元気を取り戻すと言われますから、ついそう思うてしまいました」

「それほどに、気力を削がれるのでしょう。これからは、気を付けなければと思うております」

「まことに。京に戻りましたら、見舞いに行きまする」

光音のことが気になって仕方がない様子の基通に、信平は微笑んだ。

三

翌朝はよく晴れていた。

紅葉が進む山々は美しく、信平たちが足を踏み入れた道は、落ち葉が敷き詰められたようになっている。

案内をしてくれた村の男は寡黙に、慣れた道を足早に登ってゆく。

分かれ道は男が言ったとおり分かりにくく、登る左に行けば実は隣の里に向かう道で、くだりにしか見えない右の道は、少し進むと登りになるのだという。

また別の分かれ道は三方に向かっていて、どこに繋がる道なのか、信平たちには分からない。

男は、右の道へ案内した。

「我らだけですと、迷っていましたな」

佐吉が信平に言うと、村の男が振り向いた。

「実はこの道、近江の国に繋がってございます。なんでも古い街道らしく、昔は琵琶湖で捕れた魚をこの道を使って鞍馬に運んでいたそうで、今でも時々、近江から鞍馬寺を目指す修行僧や参詣者に出会います」

教えながら歩いていた男が立ち止まった。

「ここまでくれば大丈夫。広い道に出たところを左に行けば、右手の山に家が見えてきます。お帰りの時に迷われるといけませんから、分かれ道のところの木に、こいつを目印にくくっておきます」

男は黄ばんだぼろきれを出して見せた。

「気が利くな。よろしく頼む」

頼母が言い、紙に包んだ酒手《さかて》を渡してやると、村の男は喜んでやはり家まで送ると言ったのだが、怪しい者どもがいるとは言わずに遠慮して、帰らせた。

「皆、油断をするな」

信平はそう言うと先に立ち、山道を進んだ。

すぐ後ろに頼母が続き、佐吉と鈴蔵が基通を守って警戒する。

しばらく歩いた時、信平は気配に気付いて立ち止まった。皆を止め、山を見回す。

だが、気配のみで姿は見えない。

幅が狭い道の頭上を、黒い影が横切った。

見上げた基通が、信平に言う。

「鞍馬の烏天狗《からすてんぐ》か」

この時は烏だと思ったらしく、基通は冗談を言う余裕があった。

信平は警戒を解かずにいると、程なく気配が消えた。

木々を見回していた信平は、油断なく先へ進む。すると、広く平らな場所に出た。

その先に道が見えたので、迷わずそちらに向かった。

細い道に入って程なく、信平はふたたび気配を感じて立ち止まった。

すぐに消えたことで、気のせいかと思い歩みを進める。しばらくすると、ふたたび広く平らな場所に出た。その先にある道に行くと、同じ気配を感じた信平は、油断なく立ち止まった。

「殿、何か潜んでいますか」

心配する頼母に、首を横に振る。

「そう思ったが、今は気配がない。油断するな」

「はい」

「信平殿、何か妙だと思いませぬか」

声をかけた基通に振り向くと、基通はあたりを見回している。

「妙とは？」

訊く信平に、基通は顔を向けた。

「同じ場所を回っている気がします。これは、光音殿と対等の力を持つ者の仕業ではないでしょうか」

佐吉が賛同した。

「殿、先ほどから感じられている気配は、その者が使う術ではないですか」

不安そうな二人に、信平は歩み寄った。

「麿は光音殿のように感じることはできぬ。しかし今、景色は同じに見えて、実はそうではないことは分かる」

そう言って指差す地面には、季節外れの毛虫が這っていた。落ち葉のあいだに潜んでいたものが、這い出てきたのだろう。

「毛虫がいかがされた」

いぶかしむ基通に、信平は微笑む。

「毛虫ではなく、落ちている葉の種類が違います。先ほどは栗の葉が多かったが、ここは違う葉です」

「言われてみれば確かに。何者かの術中にはめられたかと思いました」

優雅な公家らしく言い、道ばたの岩に上がって、あぐらをかいて休んだ。

何をするつもりか分からず見ている信平たちに、基通が微笑む。

「少し休みましょう。山の男はすぐだと言いましたが、まだ家は遠いようです」

信平は、足が辛そうな基通に付き合い、横にある平らな岩の上で正座し、瞑目《めいもく》する。佐吉たちが囲んで警戒する中、こころを無にした。

先ほどまで耳に届いていた鳥の声も、木の枝のざわつきも消える。研ぎ澄まされた感覚をもって、茂みに潜む気配を見つけた信平は、片膝を立てて小柄を投げ打つ。同時に岩を蹴って飛び、佐吉を飛び越して着地する。

小柄が茂みに吸い込まれるや、お返しとばかりに、卍形の飛び道具が襲ってきた。木の枝を切り飛ばして迫る飛び道具を、信平は狐丸で弾き飛ばす。そして、茂みを見据えた。

「出てまいれ」

信平の声に応じて笹《ささ》が揺れた。

佐吉たちが抜刀して警戒する中、現れたのは、信平に見覚えがある二人組。次期老中と言われていた豊田備中守盛正が殺された場にいた曲者だ。

その二人が左右に分かれた背後から人影が飛び、現れた八人の曲者に囲まれた。

忍びと思われる八人は、刀を抜いて詰めてくる。

鈴蔵と頼母に基通を守るよう命じた信平は、佐吉と共に忍びと対峙する。

信平は投げられた手裏剣を弾き飛ばし、隙と見て右から斬りかかった忍びの刀を眼前にかわして狐丸で斬る。すぐさま手首を転じて、背後から刀を打ち下ろそうとしていた忍びを見もせず腹を突く。

呻く忍びの腹から狐丸を抜いた信平は、唸《うな》りを上げて迫る卍形の飛び道具を開脚して頭上にかわし、投げた者を見据えた。

頼母と鈴蔵は、忍び者を基通に近づけまいと奮闘している。

怪しい二人組と対峙する信平を見た佐吉が、守ろうとして足を向けた。気付いた一人が、佐吉に向かって卍形の飛び道具を投げた。

佐吉が自慢の大太刀でたたき落としたが、横手から忍び者が斬りかかり、信平に近づけない。

そのあいだに二人は信平を襲い、反撃すれば逃げ、巧みに佐吉たちから引き離しにかかった。

走って離れる二人は、細い道を戻った。

追う信平。

広場に出ると二人は左右に分かれ、信平を挟み撃ちする形を取った。

狐丸を右手に下げ、前の敵を見る。

すると背後から声がかかり、前の敵は応じて卍形の飛び道具を投げた。

前後から同時に投げられた得物が空を切って信平に迫る。

足と首をめがけて回転してくる卍形の飛び道具。信平はその軌道を見極め、地面を蹴って身体を水平にひねりながら上下にかわした。

交差して飛び去る得物を二人の敵は受け止め、身体を回転させて振り向きざまに投げる。そして立て続けにもうひとつずつ投げた。

四枚の卍形の飛び道具が、回転する音を発して宙を舞う。自在に操る技により生き物のように軌道を変え、四方から迫ってきた。

信平は左右から迫る二枚をふたたび開脚して頭上にかわし、前から低く飛んでくる一枚を狐丸で弾き飛ばしたのだが、背後から迫った一枚に肩をかすめられた。

草色の狩衣の袖を止めている赤い紐を切られたが、肌には達していない。

後転して身軽に立ち上がった信平は、肩を一瞥し、薄い笑みを浮かべている敵に鋭い目を向ける。

狐丸をにぎる右腕と、隠し刀を出した左腕を真横に広げて目をつぶる信平に対し、敵は前後から得物を投げた。

燕《つばめ》が飛び交うように鋭く軌道を変えた四枚の卍形の飛び道具が迫る。

目を閉じている信平は、左足を前に出すや右回りに身体を回転させた。そして左右の刀を、胴に集中して迫っていた卍形の飛び道具に向ける。回転を見極めた信平は、刀身で受け止めるや両腕を振るって飛ばす。

四枚が前にいた敵に迫り、目を見張った敵がすべてを受け取ろうとして両腕を切断され、一枚が胸に食い込んだ。

即死した相棒を見て叫んだ敵が、小刀を抜いて信平の背中めがけて飛びかかってきたが、信平は振り向きざまに狐丸を一閃した。

斬られて倒れた男を見下ろした信平は、二人が意思疎通に使っていた言葉が異国のものだったことに、怪訝そうな顔をした。

どこの国の言葉だろうか。

そう思う信平は、同時に、茂みの中に潜む気配に向かって小柄を投げ打つ。すると、一匹の猿が木に登り、枝から枝に飛び移って逃げていった。

「殿！」

叫んで駆けつける佐吉たちに目を向けず、猿が逃げた森を見ている信平は、光音の言葉を思い出した。

「殿、お怪我は」

心配する頼母に顔を向けた信平は、首を横に振り、皆に言う。

「宇治にいた猿姫を覚えているか」

突然の言葉に、佐吉が不思議そうな顔をする。

「覚えています」

「姫が連れていた猿が、そこにいた」

示す森に鈴蔵がすぐさま行こうとしたのを、信平は止めた。

「もう去った。だが、あれは確かに姫の猿だった」

森を見ていた鈴蔵が、信平に歩み寄る。

「殿、ここは引きましょう。光音様がご忠告された家に住む者に関われば、殿に災いが及びます」

「それは、どういうことだ」

基通に求められ、信平は光音に言われたことを隠さず教えた。

光音の力を疑わぬ基通は、神妙な顔をした。

「その家の者がいたとなると、どのような災いがふりかかるか。信平殿、ご家来が申すとおり、この先に進むのはやめたほうがよいのではないですか」

「そうはいかぬ。この者たちを倒したことを知れば、内匠助殿がまたどこかへ連れ去られる。急ごう」

信平は皆の先頭に立ち、山道を進んだ。鈴蔵と佐吉に守られた基通は、心配そうな顔で森を見回しながら続いている。

しばらく行くと、佐吉が声をあげた。

「殿、下に道がございます」

松林の下には、確かに人が三人並んで歩けるほどの道があった。鞍馬とは別の場所へ続いているのだろう。

その道の上側から馬蹄《ばてい》が響いてきたのはその時だ。

馬を馳せてきたのは、覆面を着けた総髪の男。

見覚えがある信平は、松林を駆け下りた。逃がすまいとして小柄を投げ打つ。だが、気付いた男は馬上で身をそらしてかわし、馬を止めた。

道に出た信平から離れた場所で馬を止めた男は、袋に入れた太刀を背中にかけていた。

男が馬上で振り向き、

「一足遅かったな。もはや三倉兄弟に用はない。さらばだ」

落ち着いた様子で告げると、馬を馳せて去った。

いやな予感がした信平は、男が来た道を走る。すると、今まで歩いていた細い道のものと思われる出口と合流した。さらに進むと雑木林が開け、右手に古い家があった。

母屋と小屋がある。

馬の足跡がそこから来ているのを確かめた信平は、母屋に急いだ。

戸が開けられたままの表から中に入ると、人気はなかった。

「殿！」

佐吉の声に応じて外に出ると、基通が小屋の中を示した。

基通は険しい顔をしている。

駆け寄った信平の目に入ったのは、倒れている三倉内匠助だ。そばには僧が気を失っている。

先に中へ入っていた佐吉が、息を確かめた。

「二人とも生きています」

そう言った佐吉は、右腕から血を流している三倉内匠助には触れず、僧の頰を軽くたたいて声をかけた。

「おい。分かるか。声が聞こえるか」

薄目を開けた僧が、佐吉の顔にはっとして起き上がった。

「おお、気がついたか。我らは三倉殿を助けにまいった。そなたは誰だ」

訊く佐吉に、

「内匠助の弟、麻也と申します」

そう答え、不安そうな顔で信平を見てきた。

「安心しろ。このお方は我が殿、鷹司信平様だ」

佐吉に教えられて頭を下げた麻也は、内匠助に這い寄った。

「兄上、しっかりしてください。兄上！」

鈴蔵が内匠助の身体を触って命に関わる傷がないか確かめ、抱き起こすと背中に活を入れた。

息を吹き返した三倉は、傷を負っている右腕を押さえて呻き、顔をゆがめる。

「兄上、どうして……」

哀しい声で訴える麻也に、三倉は苦しそうに言う。

「これでいいんだ」

信平に気付いた三倉が、安堵した顔で頭を下げた。

「傷を見せて」

鈴蔵が腕を確かめ、傷が深いと言って止血を急いだ。

信平が三倉に歩み寄る。

「一歩及ばず、逃げられてしまった。許せ」

三倉は首を横に振り、鈴蔵が血止めをする痛みに呻いた。

基通が遠慮がちに声をかける。

「内匠助殿、わたしを覚えておられるか」

「はい」

「帝がお待ちだ。一日も早く傷を治して、ご安心していただこう」

「申しわけございませぬ」

「あやまることはない。悪いのは攫った奴らだ」

押し黙る三倉に、鈴蔵が訊く。

「手が動かぬのではないですか」

三倉はうなずいた。そして、基通に言う。

「自ら筋を断ちました」

「なんと……」

一瞬声を失った基通が、悲しそうな顔でわけを訊くと、三倉は、動かぬ腕を見た。

「こうすれば、奴らの言いなりに刀を作らずにすむと思ったのです。こうするしかなかった」

「わたしたちが来ていたというのに、早まったことを」

悔しがる基通に、三倉は辛そうな顔で頭を下げた。

麻也が、胸の苦しみを基通にぶつけた。

「兄上は、わたしを自由の身にするために腕を切ったのです。奴らは、兄上が刀を仕上げた途端に約束を破り、二人とも別の場所に移して刀を作り続けさせようとしたのです」

泣き崩れる麻也を、三倉はなぐさめた。

「わたしのためでもあるのだから、そう自分を責めるな。これでいい。奴らは二度と、わたしたちに手を出さないのだから」

信平は、三倉兄弟が落ち着くのを待って、疑問をぶつけた。

「その者たちがそこまでして内匠助殿の刀を欲しがる理由をお教えください」

三倉が、悔しそうな顔をした。

「成太屋源治郎という長崎の商人が、帝の御ためと言うておりましたが、わたしは信じていません。神社に奉納すると騙されて鍛えた刀を、肥前という侍に持たせていましたから。何をたくらんでいるのか、わたしには分かりません」

「肥前とは、馬で逃げた者か」

「気を失っていましたので分かりませぬが、おそらく」

「馬に乗っていたのは、総髪を束ねた剣客風の男だ」

「その者です。間違いございません。わたしの刀を血で汚す、憎い男です」

三倉は左手の甲を口に当てて声を殺し、悔し涙を流した。

信平は心情を気づかい、肥前が江戸で豊田備中守を斬殺したことを言わなかった。

腕の痛みで脂汗をにじませている三倉のためにも、一刻も早く里に下りなければ。

そう思う信平であったが、外を見張っていた頼母が、真横の柱に手裏剣が突き刺さったことに驚き、戸口から転がり込んだ。

「殿、忍びです」

そう言って引き戸を閉めた頼母の目の前に、刀が突き出た。

離れると同時に板戸が蹴破られ、黒装束の忍びが転がり入ってくるや、頼母に斬りかかった。

危うく刀をかわした頼母。

刀を低い姿勢で構えた忍びが、迫る信平を狙って手裏剣を投げた。

狐丸で弾き飛ばした信平が、三和土を蹴って飛ぶ。

忍びは飛びすさって信平から離れ、戸口から出た。

信平はすぐに異変に気付く。

「油の匂いだ。佐吉、皆を外へ」

命じるのと、戸口から火の手が上がるのが同時だった。

裏手の窓からも火が見え、小屋を囲むように燃えている。

板壁の隙間から煙が入りはじめるのを見た佐吉が、気合をかけて走り、窓がない板塀に体当たりして突き破った。

すでに火は着いていたが、佐吉が突き破ったことで板壁が吹き飛び、退路が開けた。

外に出た佐吉は立ち上がり、大太刀を構える。すると、煙の中から忍びが斬りかかってきた。

佐吉は大太刀を振るって、相手の刀を弾き飛ばした。

怪力に怯《ひる》んだ忍びを大太刀で斬り倒した佐吉は、母屋の庭に目を向け、別の忍びがいることに目を見張った。

「佐吉、押し通るぞ」

後に続いていた信平が言い、佐吉を押して小屋から離れた。

三倉兄弟を守った鈴蔵が続き、頼母と基通が後ろを警戒しながら小屋から離れた。

信平は、母屋の屋根から刀を振り上げて襲いかかってきた忍びに狐丸を振るう。

着地した忍びは腹を押さえて呻き、うずくまるように倒れた。

大きな身体で信平を守る佐吉は、庭で待ち構えている三人の忍びに向かう。

「おお！」

大音声《だいおんじょう》で気合をかけて大太刀を振り上げる姿に、忍びたちは下がる。だが、その行動は囮《おとり》だった。

横手の茂みに潜んでいた忍びが、信平めがけて手裏剣を投げるや、間合いを詰めてふたたび手裏剣を投げた。

一撃目を狐丸で弾いた信平は、眼前に迫る二投目を、身を反らせて鼻先にかわした。そして、投げた忍びに鋭い目を向けるや、地を蹴って迫る。

刀を抜いて向かってきた忍びが、片手斬りに打ち下ろさんと振り上げたが、信平に胴を一閃されて倒れた。

茂みに潜む忍びが右手から飛びかかってきたが、気配を察知していた信平は相手を見もせず狐丸を一閃して斬り倒し、正面の松林を見ている。

すると、無数の人影が現れた。

二十を超える黒装束の忍びが一斉に抜刀し、流れるように横に走って信平たちを取り囲んだ。

鎖鎌《くさりがま》の分銅《ふんどう》を回転させながら間合いを詰める忍びが、信平を狙ってきた。

唸りを上げて飛んできた分銅を飛びすさってかわした信平は、背後から斬りかかってきた忍びの刀を受け流し、足を斬る。

「佐吉、後ろだ」

忍びを倒して頼母を助けに行こうとしていた佐吉は、信平の声に応じて振り向き、斬りかかろうとする敵を押し返した。

頼母と鈴蔵は力を合わせて敵と戦い、三倉兄弟と基通を守っている。

数が多すぎる。

家来たちを気にしてそう思う信平は、一瞬の隙を突かれた。

迫る分銅に気付くのが遅れ、弾き返そうとした狐丸に鎖が巻き付いてしまった。

強い力で引かれたが、信平は狐丸を離しはしない。

両手で柄をにぎり、相手の思うようにはさせない。

すると、忍びはほくそ笑み、鎖を手繰りながら近づいてくる。そのあいだに信平の背後に回り込んでいた仲間が忍び寄り、刀を振り上げた。

気付いた信平が見た時には、刀を振り上げていた忍びの口から血が流れた。その者の胸からは、鏃《やじり》が突き出ている。

倒れた敵から目を向けると、道には弓を持った井伊土佐守がいた。

「ひとつ貸しにしておくぞ」

そう言った井伊は矢を番《つが》えて、別の忍びに放った。

信平が前を向くと、鎖鎌の忍びが顔をしかめ、力を込めて鎖ごと引き寄せようとする。

それに対し信平は、引かれるまま前にいく。

忍びは鎖を巧みに操り、狐丸の動きを封じるや、

「きええ！」

奇妙な気合をかけ、鎌を振るって斬りかかってきた。

首に迫る切っ先を見切った信平は、狐丸から手を離して左腕を振るう。

隠し刀で鎌を受け止めると同時に、忍びの喉を拳で突いた。

呻いた忍びが下がり、喉を押さえて苦しんだ。苦しみながらも信平を睨み、倒れはしない。そして、狐丸を巻き付けたまま鎖を頭上で回転させ、信平めがけて振るってきた。

迫る狐丸をしゃがんで頭上にかわした信平は、前に飛ぶ。忍びは鎖を操って狐丸を向けてきたが、信平は片足を着いてさらに飛び、左手の隠し刀で鎖を搦め捕り、狐丸の柄をつかむ。そして引き抜くと、切っ先を忍びに向けた。

刃こぼれ一つ見えぬ狐丸を右手に、信平は猛然と迫る。

忍びは動じず鎌を振るってきた。狐丸で柄を切り飛ばした信平が、相手の首にぴたりと刃を当てる。

目を見張った忍びは、観念して両膝をついた。

信平が狐丸を下げると、忍びは腰に隠し持っていた棒手裏剣で刺し違えようとしたが、左右から槍を突きつけられ、動きを封じられた。

井伊の家来に忍びを任せた信平は、あたりを見回した。

数に勝る井伊の兵によって押された忍びたちは、信平を殺すのをあきらめて逃げていた。

槍を突きつけられている忍びは、闘志をむき出しにした顔で家来たちを睨んでいたが、一人残ったと知るや落胆したように首を垂れ、咄嗟に槍の穂先をつかみ、止める間もなく首に突き刺して果てた。

何者かと問うて答える者ではないため、家来を責める者はいない。

信平は狐丸を鞘に納め、井伊に歩み寄った。

四

「助かりました」

頭を下げる信平に井伊は笑みで応じて、弓を家来に渡した。そして、倒れている忍びを見て険しい顔をする。

「敵に勝る手勢を率いていなければ、わしとて危ういところであった」

「これほどの人数を率いてまいられたのは、何ゆえでございます」

信平の問いに、井伊は基通を顎で示した。

「あいつに頼まれたからだ」

するると基通が言う。

「我が家の者から国許《くにもと》へ戻られたと聞いておりましたので、助けを求めました。土佐守殿にしては、早いお着きで」

「急いで来てやったと思えばこれだ。相変わらず一言多いなお前は」

信平は基通に疑問を抱いた。

「いつ頼まれたのです」

「昨日、村の者に使いを頼んだのがそれです。間に合うかどうかは賭けだと思うていましたが……」

探る眼差しを向ける基通に、井伊は勇ましい面持ちで答えた。

「わしを誰だと思うておる」

笑い合う基通と井伊に信平が訊く。

「お二人は親しいようですが、どのような間柄なのですか」

すると井伊が答えた。

「わしの母は、東家の出だ」

「その縁で、幼なじみなのです」

続いた基通に、井伊は迷惑そうな顔を向けた。

「腐れ縁だ。面倒なことがあれば、いつもわしを頼りにする」

「それはお互い様」

二人は仲がいいのだろう。そう言い合って笑っている。

納得した信平は、改めて井伊に礼を言った。

「それにしても、早かったですね」

基通が言うと、井伊は当然だと胸を張る。

「わしが捜す三倉内匠助が鞍馬の実家にいるのではないかと思い、手勢を率いて出る支度をしていたのだ」

刀に惚れ込んだ井伊は、あれから三倉内匠助のことを調べ、鞍馬に生家があることを突き止めていたのだ。

その探索力に、信平は感心した。

「では井伊殿は、内匠助殿を攫うた者のことも調べられましたか」

信平の問いに、井伊は渋い顔をした。

「むろんだ。じゃが、霧に包まれたように何も見えてこぬ」

基通が教えた。

「どうやら、成太屋源治郎という商人がさせたようです」

するよ井伊は、倒れている忍びを険しい顔で見た。

「この者どもは、よう鍛えられ、統制された集団であった。商人が雇える連中ではない。どこぞの大名が絡んでおる」

「所司代の永井殿からは、公家だとうかがっていますが」

教えた基通に、井伊は厳しい顔をする。

「その公家に、力を貸している大名がいるはずだ。しかも、相当な財力を持っている大藩だ」

信じられぬ様子の基通に、井伊は間違いないと決めつけた。

「これほどの忍び者を大勢召し抱えることは、わしのような小大名ではできぬ。信平殿、そうは思わぬか」

信平は返答に困った。

「他家はともかく、譜代名門の井伊様ならば可能かと」

「いや、できぬ」

「忍びもそうですが、肥前という侍も、ただならぬ相手。井伊殿がおっしゃるように大名が絡んでいるとして、内匠助殿をこのように追い込んでまで刀を鍛えさせようとしたのは、何が狙いでしょうか」

井伊は考える顔をして、基通に目を向ける。

「どう思う」

「脅してまで作らせたとなると、手に入れた刀を帝に献上してすり寄ろうとするのが狙いではないかもしれませぬ。ただ単に、帝の刀匠が鍛える刀が欲しかった」

井伊は納得しない面持ちだ。

「忍びまで使《つこ》うて襲わせたのだぞ。わしが好きで集めているのと同じように、優れた刀を手に入れたかっただけとは思えぬが」

基通は即座に答えた。

「やはり、帝に献上してすり寄ろうとする者の仕業かもしれませぬ。わたしたちを殺して口を封じれば、帝の刀匠が鍛えた神剣を手に入れた経緯はどうにでもできる」

井伊はうなずいた。

「だとすれば、敵の思惑を断ち切ったことになるな」

「そうは思えませぬ」

口を挟んだのは、三倉だ。

「わたしは以前、成太屋源治郎に騙されて刀を鍛えましたが、その刀は肥前が持っています。信平殿のご子息にと思い仕上げた刀も、肥前に奪われました。奪ったものを含め、わたしが鍛えた刀を何に使うのか問いましたところ、帝の御ためになることだと、はっきり申しました」

信平は三倉の目を見た。

「刀のことで、辛いことをお耳に入れます」

三倉は神妙な面持ちでうなずいた。

「覚悟はできています」

「肥前は、次期老中と目されていた重臣を刃《やいば》にかけています。そのことについて何か申していましたか」

三倉は首を横に振ったが、思い出したような顔をした。

「そういえば成太屋が、やんごとなきお方に言われて、わたしに嘘をついて刀を鍛えさせたと申していました」

「そのやんごとなき者が、裏で糸を引く大名に違いない」

井伊にうなずいた信平は、考え、推測した。

「帝の刀匠が鍛えた刀を肥前に持たせて公儀の重臣を斬らせることと、帝の御ためになる、という言葉が繋がっているとすれば……」

「信平殿、これは厄介なことに首を突っ込んだかもしれぬぞ」

そう言った井伊を見ると、深刻な顔をしている。

「何か、思い当たることがあるのですか」

「いや、ふとそう思うただけじゃ」

井伊は目をそらすように、忍びの骸を見る。

「この者が囚《とら》われの身にならぬよう自ら命を絶ったのは、何を恐れてのことであろうな」

やんごとなきお方とは、誰なのか。

そう思いながら、信平は骸を見ていた。すると井伊が言う。

「信平殿、これは、我らがどうこうできることではないかもしれぬ。内匠助殿を見つけ出す役目を果たしたのだ。後のことは、公儀に任せろ」

信平は驚いた。

「麿の役目をご存じでしたか」

「国許へ戻る前に、御老中から信平殿を助けるよう頼まれていた。このように早く見つけられたのは、さすがだ。じゃが、もっと大きなことが起きようとしている気がする。この後は、御老中に任せよ」

「井伊殿、何かご存じならお教えください」

「いや、わしは何も知らぬ」

井伊の目は、嘘を言っているようには見えない。

信平から目をそらした井伊は、基通に言う。

「これからどうする。内匠助殿を宮中へお連れするか」

「いや……」

刀を鍛えられぬ内匠助を連れていくことはできないのか、言いにくそうな基通に代わって、井伊が三倉兄弟のもとへ歩み寄った。

「腕の傷は、深いのか」

三倉が辛そうな顔でうなずく。

「自ら筋を断ちましたので、帝の刀匠としての務めを果たすことは叶いませぬ」

井伊は神妙な顔をして考えていたが、基通に向く。

「帝には、どのようにご報告する」

「ありのままをお伝えします」

「お役御免になるか」

基通は三倉を気にして、どうして今訊くのだ、という顔をした。

井伊は構わず、答えを急《せ》かせた。

「どうなのだ。お役御免になるのか」

「帝は悲しまれるだろうが、まあ、そういうことになろうかと」

すると、井伊は三倉の前に片膝をついた。

「内匠助殿、そういうことだそうだ。京には、そなたらをこのような目に遭わせた者どもが潜んでいる。京を捨てて、我が領地へ来ぬか」

三倉は麻也と顔を見合わせ、井伊に頭を下げた。

「わたしのような者にお気をかけくださり、おそれいります。この弟のみ、お願い申し上げます」

「兄上、わたしは……」

「そなたはどうすると申すのだ」

麻也の声を遮るように問う井伊に、三倉はうつむき気味に言う。

「妻が心配していましょうから、江戸に帰ります」

井伊は得意そうな笑みを浮かべた。

「おつる殿ならば、我が領地へお連れしておる」

「えっ」

「御老中から、おぬしが京に連れていかれた疑いがあると聞いておったゆえ、探索を命じられた信平殿ならば必ず助けてくれると思い、京に近い我が領地までお連れしたのだ」

安堵の息を吐いた三倉の目から、光るものがほろりと落ちた。

「ありがとうございます」

井伊は首を横に振り、三倉の肩をつかんだ。

「我が領内で暮らしてくれ」

「せっかくのお言葉ですか、この腕では何もできませぬ。ご迷惑になるだけです」

「腕を振るえなくとも、口は動くではないか。弟御と共に、領内の刀鍛冶に技を授けてくれぬか。このとおりだ」

井伊が頭を下げると、控えていた家来たちが揃って頭を下げた。

迷う三倉を、麻也が促す。

「兄上、いい話ではないですか」

三倉はうなずき、井伊に向かって居住まいを正し、左手をついた。

「承知いたしました。井伊様のご期待に添えますよう、弟共々、精進いたしまする」

麻也は何か言いかけたが、

「よし、決まった」

喜んだ井伊が大声をあげて、信平に晴れ晴れとした顔を向けた。

「信平殿、狐丸に負けぬ宝刀を我が領地から出してみせるぞ」

信平は笑みを浮かべる。

「楽しみです」

「うむ。安田《やすだ》！」

「はは！」

呼ばれて来たのは、生真面目そうな侍だ。

井伊が信平に教える。

「この者は国家老だ」

「安田藤兵衛《とうべえ》にございます」

名乗って頭を下げる安田に、信平はうなずく。

井伊は国家老に、三倉兄弟のことを託した。

一旦鞍馬に戻り、三倉の手当てをした後に領地へ戻るということになり、信平は井伊の手勢と共に山を下りた。

草庵に戻り、旅籠の者を医者の家に走らせた。

三倉の傷は深かったが、医者の手当てにより、腕を落とさずにすんだ。

安心した弟の麻也は、近江に行く前に、祇園に戻りたいと願った。世話になった昇恩院の住職と、迷惑をかけた者にあやまりたいと言ったのだ。

そんな麻也の様子を見て、井伊が言う。

「迷惑をかけたと申すは女か」

すると麻也は、下を向いた。

「はい。命をかけて、守ろうとしてくれました」

だが井伊は、京に戻ることを許さなかった。

「気持ちは分かるが、まだ油断はできぬ。その者たちには文を書くがよい。家来に届けさせる。ただし、居場所は明かしてはならぬ。三倉兄弟が刀鍛冶に技を仕込んでいることを奴らが嗅ぎつければ、我が領地に隠れる意味がなくなるゆえな」

「もう、会えないのでしょうか」

悲しそうな麻也の肩を、井伊が力強く抱いた。

「惚れておるのだな。家来に連れてこさせるか」

「いや、そこまでは……」

「命がけで守ってくれたのだ。おなごはそなたに惚れておるに決まっておろう」

「ですが、商売をしておりますし、京を離れてくれるとは思えませぬ」

自信がなさそうな麻也の様子に、井伊は無理強いをやめた。

「では、いずれ会わせてやる。文にもそのように書いておけ」

「分かりました」

麻也はさっそく、旅籠の者に紙と筆を頼みに行った。

皆が落ち着いたところで、信平は狐丸を帯びた。

「井伊殿、基通殿、いずれまた」

すると井伊が心配そうに立ち上がった。

「信平殿、どこへ行かれる」

「宇治の領地へ戻ります」

頼母は信平の考えを察したらしく、佐吉に顔を向けた。

家来たちの様子を見逃さぬ井伊は、探るような目をした。

「信平殿、貴殿のことだ。誰ぞ気になる者がいるのではないか。捕らえに行くなら言うてくれ。助太刀する」

「麿が御老中から命じられているのは、内匠助殿を見つけ出すこと。役目を果たしましたゆえ、領地へ戻るのみです」

「待たれよ。内匠助殿と麻也殿が我が領地へ来ることを、御老中に教えるのか」

「お伝えしないほうがよろしいですか」

「どこで聞かれるか分からぬゆえ、今は伏せてくれ」

「承知いたしました。刀を鍛えられぬお身体になられ、旅に出られたことにしておきましょう」

「それがよい。頼む」

信平はうなずき、基通に顔を向けた。

「基通殿、京に戻られるなら送ります」

「いや、しばらく鞍馬に残り、帝にどうお伝えするか考えます。このようなことになり肩を落とされましょうから、頭が痛い」

するとする井伊が、基通の肩をつかんだ。

「心配するな。我が領地の刀鍛冶は腕がよい。すぐにというわけにはいかぬが、内匠助殿の技を修得すれば、帝に気に入っていただける太刀を作るのも夢ではない」

「ではそのことも含めて、考えましょう」

基通は悩ましげな面持ちでこめかみを押さえている。

信平が草庵から出ると、井伊が追ってきた。

「待て、やはりわしも行く。逃げた者どもがどこに潜んでおるやもしれぬゆえな」

心配してくれる井伊に、信平は微笑んだ。

「そう思われるなら、内匠助殿をお守りください」

頭を下げて歩みを進める信平に、井伊が言う。

「江戸でまた会おうぞ、信平殿」

「はい。領地で作られた名刀を拝見するのを、楽しみにしております」

そう言って笑うと、井伊も笑った。

五

信政に会いたい気持ちをおさえ、信平は佐吉たち家来と道を急いでいた。

向かう先は、猿姫がいた家。

鞍馬の旅籠と商家が並ぶ道を抜けて川沿いの街道を進み、貴船《きふね》神社へ向かう分かれ道に差しかかった時だった。右手の岩陰から急に湧き上がった気配が、目に見えぬ力となって信平に迫ってきた。

足を止めた信平がその岩を見ると、佐吉たちが警戒して抜刀した。

「曲者ですか」

訊く頼母に、信平はここで待てと言って岩に飛び移った。鞍馬川の瀬音がする中で信平が見たのは、釣りをしている師匠道謙の背中。

どうしてここにおられるのか。

疑問に思いつつ岩を飛び移り、声をかけようとした時、

「まあ、そこに座れ」

見もしないで言った道謙が、あぐらをかいている右側の岩棚を示す。

応じて横に座した信平に、道謙は険しい顔を向ける。

「信政に岩魚《いわな》を食べさせてやろうと思うておるが、一匹も釣れぬ」

だが、膝下から水に浸されている笹には四匹の岩魚が付けられている。

「おお、これか。釣り針の餌を食わぬゆえ、竿《さお》で突き刺してやったのじゃ。むははは」

先ほど感じた剣気は、魚を突き刺す時のものか。魚を相手に本気を出すとは師匠らしい。

そう思った信平が笑みを浮かべると、道謙は笑みを消し、厳しい顔をした。

「鞍馬の地を去る輩を見たが、あの者たちは、三倉兄弟に関わっているのか」

信平は驚いた。

「三倉兄弟のことをご存じでしたか」

「帝の刀匠になった三倉内匠助の実の父親は、よい刀を作る男でな。研ぎ技も優れておったゆえ、病に倒れるまでは幾度か世話になったことがある。その息子が帝の刀匠になったと聞いて、父親も草葉の陰で喜んでおろうと安心しておった矢先に行方をくらましたと知り、案じておったのじゃ。草庵の者からお前が山に入ったと聞き、三倉兄弟のことではないかと思い、ここで待っておったのだ」

信平は、三倉兄弟の身に起きたことを隠さず話した。

二度と刀を鍛えられぬ身体になったと知った道謙は、落胆の息を吐く。

「惜しいことをしたの。帝もさぞ悲しまれようが、井伊殿に庇護されるのが、せめてもの救いじゃ」

「先を急ぎますので、今日はこれにて失礼を」

立ち上がろうとした信平に、道謙は険しい顔をする。

「光音の忠告を聞かぬつもりか」

光音に言われたことまでご存じとは……。

驚いて言葉もない信平に、道謙が言う。

「下御門実光《さねみつ》を侮るな」

師匠は何か知っている。

そう思った信平は、座りなおした。

「鞍馬山にお邪魔した時に、三倉内匠助殿のことを話しておくべきでした」

「聞いておれば、止めたであろう。今朝方光行がわしを訪ねて、教えてくれたのじゃ」

「光音殿に、何かございましたか」

「いや。今は平常に戻り、町の者の悩みを聞いておるそうじゃ」

信平は安堵した。

「帝の刀匠の刀を集めようとしていたのは、師匠がおっしゃる下御門実光ですか」

「おそらくな」

「何者です」

「京の大古狸《おおふるだぬき》じゃ。生きておるかどうかも分からぬゆえ魑魅《すだま》と言う者もおるほど、正体をつかむのは難しい。わしとて、顔を見たことはない。じゃが、近頃また動き出したという噂が、宮中から聞こえてきた。所司代も、頭を悩ませておろう」

基通はそのことを言わなかった。帝に近い存在の者が、噂を知らないとは思えぬが。

あえて、伏せたか。

「何を考えておる」

信平は道謙を見た。

「下御門は、何をするつもりですか」

「その昔、わしがまだ宮中に暮らしておった頃、武家に奪われておる政の実権を朝廷に戻そうと暗躍し、当時の公儀から厳しい責めを受けて姿を消した。五十年も前のことじゃ」

「何ゆえ今になって、動きはじめたのでしょうか」

「ひとつは、公儀の力が以前にくらべて衰えたことであろうな」

「暗殺された豊田備中守殿は、次期老中と目されたお方でした」

「ほぉう」

道謙は目を細め、考えをめぐらせる顔をした。

「公儀の力が増すのを恐れて、凶行に及んだのでしょうか」

「わしが睨んだとおり下御門が動いておるなら、まだはじまりに過ぎぬのかもしれぬ。お前が相手をしたこれまでの悪とは、格が違う。こう申せば、光音が案じるのも納得ができよう」

「…………」

黙っている信平に、道謙は見守るような面持ちをする。

「止めて聞くお前ではないことは分かっておるゆえ、耳に入れた。信平、油断するでないぞ」

「肝に銘じます」

信平は立ち上がり、頭を下げた。

「信政を頼みます」

「うむ。わしに感謝するなら、息子の成長をその目で見届けよ。よいな」

「はは」

信平は、背を向けて釣りに戻る道謙にふたたび頭を下げ、その場を去った。

川瀬を見つめている道謙の目に、見る間に憂えが浮く。

「ひとつも釣れぬ」

ぼそりと言い、ため息をついた。

「師匠がおられた。先を急ぐぞ」

信平は走りながら、佐吉たちに道謙から聞いたことを教えた。

驚いた佐吉が、信平の前を塞いで止めた。

「殿、猿姫の家に行くのはおやめください。光音殿は、よからぬ何かが見えたのですぞ」

「ここで行かねば、もっと悪いことが起きる気がするのじゃ」

信平は行こうとしたが、佐吉は大きな身体で道を塞ぐ。

「なりませぬ」

「佐吉」

「はは」

「許せ」

信平は当て身を入れた。

呻いた佐吉は両膝をつきながらも信平の袖をつかもうとしたが、それより先に走った。

「頼母、佐吉を頼む」

そう言って走り去る信平。

足の速さに付いていけぬ頼母は、珍しく苛立ちの声をあげて追うのをあきらめた。

「鈴蔵殿」

「心得ております」

鈴蔵は信平を追って走り去った。

「頼母、馬だ。馬で追うしかない」

腹を押さえて苦しそうに言う佐吉に、頼母は駆け寄って肩を貸して立たせた。

「殿を、殿を止めなければ」

「この世が乱れそうなことを殿が見て見ぬふりができぬことは誰よりも分かっていたでしょう。我らは黙って従うべきだったのです。馬を借りられるところまで急ぎますよ」

「分かった。すまぬ」

「あやまる前に走って」

頼母と佐吉が走りはじめたのを尻目に、信平は先を急いだ。

追い付いてきた鈴蔵に油断するなと言い、さらに足を速める。そして京の町中に戻ると、預けていた馬で宇治へ馳せた。

鈴蔵は別の馬を借りて後に続く。

猿姫がいた宇治の屋敷に到着したのは、鞍馬を出て二刻（約四時間）後。すでに外は真っ暗だ。

途中から馬を引いていた信平と鈴蔵は、手綱を柿の木に巻き付けて離れ、徒歩で屋敷に向かった。

塀に囲まれた屋敷の中を見ることはできない。

鈴蔵が身軽に土塀に上がり、中の様子を探った。

「明かりが見えます」

小声に信平がうなずくと、鈴蔵は中に飛び降り、表門の閂《かんぬき》を静かに外して開けた。

中に入り、気配を探る。闇に潜む怪しい気配はない。

信平は鈴蔵を手で制し、明かりが見える母屋に向かう。川土手から見ていたとおりに、小さな母屋だ。明かりがあるのは、表の広い庭に面した部屋。

石を置き、砂を水に見立てた枯山水の庭に入り、島に見立てた苔の塊を横目に進む。と、その時、明かりがある外障子の横の暗がりで何かが二度光った。途端に閃光《せんこう》が走る。

火薬が発火して地面を走る先々で炎が上がり、信平を囲むように篝火《かがりび》が焚かれて庭が明るくなった。

廊下から飛び降りた人影に、信平は飛びすさって間合いを空ける。

ゆっくりと立ち上がったのは、見覚えのある姿。火に照らされた男は、一見すると優しそうな面持ちをしている。

「肥前か」

油断なく問うと、

「いかにも」

答えた肥前は、唇に笑みを浮かべる。

「来ると思い待っていた。一度しか言わぬ。これ以上我らに関わるな」

「下御門実光がそう申しているのか」

「京の魑魅か。どうしてそう思う」

「答えよ」

「どうやら、引く気はなさそうだな」

肥前の目つきが変わった。その刹那に抜刀して一閃し、鈴蔵が投げた手裏剣を弾き飛ばした。

猛然と迫る肥前に、信平は狐丸を抜いて前に飛ぶ。

両者の刀がぶつかり、離れ際に斬り合わせてふたたびぶつかる。

肥前は無言の気合をかけて斬りかかり、袈裟懸けに打ち下ろされた刀を信平が受けるや、胴を狙って一閃した。

刀身を下げて受け止めた信平は、狐丸の腹を寝かせて相手に刃を向けて滑らせる。

右足を引いて狐丸の切っ先をかわした肥前が、すれ違う信平の背中を狙って刀を振るう。だが、目の前から信平が消えた。

肥前は刀を背中に回して信平の一撃を受け止めるや、大きく飛びすさり、鈴蔵を一瞥してさらに下がり、庭石を足場にして土塀に飛び上がると、暗闇に消えた。

追おうとした鈴蔵を、信平は止めた。

表門から佐吉と頼母が入ってきたのは、その時だ。肥前は不利を察して逃げたに違いない。

狐丸を下げている信平を見た佐吉が駆け寄る。

「殿、猿姫と隠居は」

「ここにいたのは、肥前だった」

「逃げましたか」

佐吉は、信平が見つめる土塀へ駆け寄ろうとしたが、鈴蔵がもういないと言って止めた。

「恐ろしいまでの遣い手でした」

鈴蔵にそう言われた佐吉が、信平を見た。

信平は狐丸を鞘に納め、三人に言う。

「すでにこの地にはおらぬと思うが、明日、念のため領内を確かめる」

頼母が応じた。

「では、六右衛門の屋敷へまいりましょう」

「うむ」

火の始末をした四人は、屋敷を後にした。

そして翌朝、願いどおりに緑畠《みどりばた》の名字を信平に許された六右衛門は、代官として張り切り、佐吉と共に役人を率いて領内の探索をした。

狭い土地だ。半日もかからず家々を調べ、日が暮れる頃には山の中までことごとく見て回ったが、銭才を名乗る者と猿姫の姿はどこにもなく、怪しい者もいなかった。

信平はしばらく領地に逗留する許しを得るため、三倉内匠助の報告を兼ねた書状をしたため、江戸の板倉老中へ送った。

近江へ帰った井伊土佐守からの手紙が届いたのは、緑畠の屋敷へ入って二日後だ。

妻女と再会を果たした三倉内匠助は、傷の痛みも軽くなり、弟の麻也と共にさっそく刀鍛冶たちに技を伝授する支度に取りかかっているという。

市ヶ谷で出会った妻女のことを思い出した信平は、今頃は明るい顔で三倉を支えていることだろうと思い、文を読みながら笑みが浮かんだ。

六

信平がいる五ヶ庄の地から引き上げていた銭才は、京から遠く離れた地の、とある港町にいる。

黒潮が豊かな恵みをもたらすこの地の魚料理を堪能《たんのう》しているところへ、配下が現れた。

「肥前が戻りました」

「うむ。通せ」

配下が廊下で横に向き、うなずく。すると、袋に入れた太刀を持った肥前が現れ、頭を下げた。

猿を肩に乗せているお絹や、肥前が見知っている剣客の顔がある部屋の上座には、豪勢な料理を前に銭才が座している。

銭才は黒漆の盃《さかずき》を差し出した。

「取れ」

「はは」

肥前は頭を下げて歩み、銭才の正面に座して盃を受けた。

「遅かったではないか」

「ちと、用事をすませてまいりました」

「用事とはなんじゃ」

「お耳に入れるほどのことではございませぬ。いただきます」

酒を飲み干した肥前は居住まいを正し、袋の紐を解いて白鞘の太刀を取り出した。

受け取った銭才は、鯉口を切って抜き、刀身を立てて見上げる。

「見事じゃ。しかし、内匠助は惜しいことをした」

「申しわけございませぬ」

「帝の刀匠が鍛えた刀を揃えようとしたのは、お前を含め、朝廷の権力《ちから》を取り戻すために集めた十人の強者《つわもの》に、御旗代わりに持たせようと思うてのこと。これを入れて四《よ》振《ふ》り。皆に持たせるには六《む》振り足らぬが、仕方のないことじゃ」

鞘に納め、傍らに控えていた剣客に差し出した。

受け取った剣客は立ち上がり、廊下から庭に飛び降りると、抜刀した。

さっそく刀を振るう剣客を見ていた銭才が、目を伏せている肥前を気にした。

「あの者とは一度会うておるな」

「忘れもしませぬ」

「そう怖い顔をするな。近江《おうみ》はわしの弟子じゃ。お前には心強い味方となる」

「えい！」

近江の気合に肥前が振り向くと、刀を鞘に納めた近江が、満足した顔で廊下に向き、頭を下げた。

「肥前殿、よい太刀にございます」

三十二歳の近江は笑みもなく言う。

真顔で応じた肥前は、冷酷な近江とは目を合わさず前を向いた。銭才が様子をうかがうような目で見ていることに気付いたが、何食わぬ顔をしていると、お絹が銭才の横に座った。

自ら来たのではなく、銭才が招いたのが分かっている肥前は、お絹を見もしない。

「肥前、暗い顔をするな」

お絹は笑みもなく、きつい口調で言う。

お絹ではなく、隣に座している僧侶を見た肥前は、ふっと笑みを浮かべた。

「案ずるな。不機嫌になっているわけではない」

そう言った時、背後の廊下に銭才の配下が来た。

「まいられました」

「うむ」

銭才の声に応じて、肥前は右手の襖の前に下がり、僧侶と向き合って座した。

そこへ、商人が現れた。脂ぎった、欲深い顔をした成太屋源治郎だ。

用心棒を従えている成太屋は、銭才に遠慮のない態度で前に座ると、その場にいる者たちを不機嫌そうな顔で見回した。

「銭才殿、わたしが預けた二人の姿が見えないようだが」

「このお絹から聞いたところ、二人は忍びもろとも、鷹司松平信平に殺された」

するとと商人の顔が曇った。

「あの兄弟が……。信じられない。何者ですか」

「五摂家鷹司家の血を引きながら、徳川の家来になりさがった痴れ者《しもの》だ」

「公家の者が、あの兄弟を倒すほどの技を身につけているとは驚きました」

銭才が傍らに控える僧侶を顎で示す。

「そなたが遣わしたこの者が申すには、厄介な男らしい」

すると成太屋が、険しい顔で僧侶を見た。

「帳成雄《ちょうせいゆう》、それはまことか」

帳成雄は、落ち着き払った面持ちでうなずく。

「この先必ず、大きな壁となるでしょう」

「それは困る」

成太屋は、焦った様子で銭才に訴えた。

「今のうちに、配下の剣士たちに殺させてください」

「それはいけませぬ」

気を探るように目を閉じている帳成雄が止めた。

「下手に近づけば、我らの正体を知られるでしょう」

銭才がうなずき、成太屋に言う。

「お告げが出たな、王広治《おうこうち》。お前の正体が暴かれるのは厄介だ。そう焦るな。お前はあくまで長崎の大商人、成太屋源治郎だ。朝廷と武家のことはわしに任せて、軍資金を集めることだけを考えろ」

異国の名を隠す成太屋源治郎は、大人しく引き下がった。落ち着いたところで、銭才に言う。

「例の荷は、江戸に届いています」

銭才は含んだ笑みを浮かべてうなずく。

「江戸は徳川の膝下ゆえ町奉行も優れている。油断をするな」

「邪魔者は排除するまで。たっぷり稼いでみせますよ」

「では、配下を死なせてしまった詫びとして、わしの配下を付けよう。駿河《するが》」

呼ばれて立ち上がったのは、侍ではなく町人の身なりをした男だ。

「江戸へ行き、この者を助《す》けよ。徳川を討伐する金を集めるのだ」

「承知いたしました」

三十代の、頼りなげな面持ちをした駿河に、成太屋は不服そうな顔を隠さない。

「もっと強そうなのはいないのか」

駿河は動じず、穏やかな顔をしている。

銭才が成太屋に真顔を向けた。

「こう見えて、わしが集めた十人のうちの一人じゃ」

すると成太屋は、一転して穏やかな顔を駿河に向けた。

「それは心強い。駿河殿、わたしの配下と仲ようしてくだされ」

駿河は柔和な笑みを浮かべて頭を下げた。

成太屋は銭才の食事の誘いを断り、駿河と共に立ち去り、江戸へ向かった。

玄関まで自ら見送った銭才は、部屋に戻る廊下で立ち止まり、庭を見た。苔が美しい庭には、旅の商人に化けた忍び者が控えている。

「あるじのところに戻り、天下の政に加わりたければ、もっと人をよこせと伝えよ」

「はは」

忍びは応じて立ち上がった。

足音もなく庭を走り去る忍びを目で追った肥前は、近江を従えて前を歩む銭才を見た。

「残りの七人はどこにいるのですか」

銭才は答えず部屋に入り、上座にいるお絹の横に座した。

お絹が差し出す盃を受け取りながら、銭才は正面に座る肥前を見据える。

「お前は、わしに言われたことをしておればよい」

厳しく言われ、肥前は頭を下げた。

「なんなりとお命じください」

「京へ戻り、信平の動きを探れ。ただし、わしが命じるまで手を出すことは許さぬ」

「承知いたしました」

立ち上がり、背を向けずに廊下へ下がった肥前は、去り際にお絹を一瞥した。銭才に酒を注いでいるお絹は、こちらを見もしない。

帳成雄と目が合った肥前は、薄笑いを浮かべる妖しい僧に頭を下げ、その場から去った。

屋敷から出ると海辺まで行って内匠助の刀を抜き、気がすむまで振るった。息を整えて眼前に刀を立て、刀身を鋭い眼差しで見つめる。

「鷹司信平……。目を付けられるとは、愚かな奴」

本書は講談社文庫のために書下ろされました。

|著者|佐々木裕一　1967年広島県生まれ、広島県在住。2010年に時代小説デビュー。「公家武者　信平」シリーズ、「浪人若さま新見左近」シリーズのほか、「若返り同心　如月源十郎」シリーズ、「身代わり若殿」シリーズ、「若旦那隠密」シリーズなど、痛快かつ人情味あふれるエンタテインメント時代小説を次々に発表している人気時代作家。本作は公家出身の侍・松平信平を主人公とする、講談社文庫からの新シリーズ、第7弾。

帝《みかど》の刀匠《とうしよう》　公家武者《くげむしや》　信平《のぶひら》(七)

佐々木裕一《ささきゆういち》

講談社文庫

定価はカバーに
表示してあります

2020年2月14日第1刷発行

発行者——渡瀬昌彦
発行所——株式会社　講談社
東京都文京区音羽2-12-21　〒112-8001
電話　出版（03）5395-3510
　　　販売（03）5395-5817
　　　業務（03）5395-3615

Printed in Japan

デザイン—菊地信義
本文データ制作—講談社デジタル製作
印刷———大日本印刷株式会社
製本———大日本印刷株式会社

ISBN978-4-06-518643-5

講談社文庫刊行の辞

二十一世紀の到来を目睫に望みながら、われわれはいま、人類史上かつて例を見ない巨大な転換期をむかえようとしている。

世界も、日本も、激動の予兆に対する期待とおののきを内に蔵して、未知の時代に歩み入ろうとしている。このときにあたり、創業の人野間清治の「ナショナル・エデュケイター」への志を現代に甦らせようと意図して、われわれはここに古今の文芸作品はいうまでもなく、ひろく人文・社会・自然の諸科学から東西の名著を網羅する、新しい綜合文庫の発刊を決意した。

激動の転換期はまた断絶の時代である。われわれは戦後二十五年間の出版文化のありかたへの深い反省をこめて、この断絶の時代にあえて人間的な持続を求めようとする。いたずらに浮薄な商業主義のあだ花を追い求めることなく、長期にわたって良書に生命をあたえようとつとめるところにしか、今後の出版文化の真の繁栄はあり得ないと信じるからである。

同時にわれわれはこの綜合文庫の刊行を通じて、人文・社会・自然の諸科学が、結局人間の学にほかならないことを立証しようと願っている。かつて知識とは、「汝自身を知る」ことにつきていた。現代社会の瑣末な情報の氾濫のなかから、力強い知識の源泉を掘り起し、技術文明のただなかに、生きた人間の姿を復活させること。それこそわれわれの切なる希求である。

われわれは権威に盲従せず、俗流に媚びることなく、渾然一体となって日本の「草の根」をかたちづくる若く新しい世代の人々に、心をこめてこの新しい綜合文庫をおくり届けたい。それは知識の泉であるとともに感受性のふるさとであり、もっとも有機的に組織され、社会に開かれた万人のための大学をめざしている。大方の支援と協力を衷心より切望してやまない。

一九七一年七月

野間省一

講談社文庫 最新刊

木原音瀬《このはらなりせ》 嫌な奴
BL界屈指の才能による傑作が大幅加筆修正で登場。これぞ世界的水準のLGBT文学！

鳥羽　亮 お京危うし〈鶴亀横丁の風来坊〉
仲間が攫《さら》われた。手段を選ばぬ親分一家に、彦十郎は奇策を繰り出す！〈文庫書下ろし〉

丸山ゴンザレス ダークツーリスト〈世界の混沌《カオス》を歩く〉
危険地帯ジャーナリスト・丸山ゴンザレスの、世界を股にかけたクレイジーな旅の記録。

山本周五郎 雨あがる〈映画化作品集〉
黒澤明「赤ひげ」、野村芳太郎「五瓣《ごべん》の椿《つばき》」など、名作映画の原作ベストセレクション！

加藤元浩 量子人間《クオンタムマン》からの手紙〈捕まえたもん勝ち！〉
密室を軽々とすり抜ける謎の怪人からの挑戦状！　緻密にして爽快な論理と本格トリック。

三浦明博 五郎丸の生涯
残されてしまった人間たち。その埋められない喪失感に五郎丸は優しく寄り添い続ける。

石川智健 エウレカの確率〈経済学捜査と殺人の効用〉
自殺と断定された事件を伏見真守《ふしみまもる》が経済学的視点で覆す。大人気警察小説シリーズ第3弾！

蛭田亜紗子 凜
開拓期の北海道。過酷な場所で生き抜こうとする者たちがいた。生きる意味を問う傑作！

マイクル・コナリー　古沢嘉通 訳 レイトショー(上)(下)
ボッシュに匹敵！　ハリウッド分署深夜勤務《ナイトシフト》・女性刑事新シリーズ始動。事件は夜起きる。

さいとう・たかを　戸川猪佐武 原作 歴史劇画 大宰相〈第四巻　池田勇人と佐藤栄作の激突〉
高等学校以来の同志・池田と佐藤。しかし、「次は君だ」という口約束はあっけなく破られた——。

庄野潤三
庭の山の木

家庭でのできごと、世相への思い、愛する文学作品、敬慕する作家たち——著者のやわらかな視点、ゆるぎない文学観が浮かび上がる、充実期に書かれた随筆集。

解説＝中島京子　年譜＝助川徳是

しA15

978-4-06-518659-6

庄野潤三
明夫と良二

何気ない一瞬に焼き付けられた、はかなく移ろいゆく幸福なひととき。人生の喜びとあわれを透徹したまなざしでとらえた、名作『絵合せ』と対をなす家族小説の傑作。

解説＝上坪裕介　年譜＝助川徳是

しA14

978-4-06-514722-1

講談社文庫　目録

佐藤　究　Ank : a mirroring ape
佐野　晶　三田紀房・原作　小説アルキメデスの大戦
澤村伊智　恐怖小説キリカ
さいとう・たかを　戸川猪佐武　原作　歴史劇画　大宰相〈第一巻　吉田茂の闘争〉
さいとう・たかを　戸川猪佐武　原作　歴史劇画　大宰相〈第二巻　鳩山一郎の悲運〉
司馬遼太郎　新装版　播磨灘物語　全四冊
司馬遼太郎　新装版　箱根の坂(上)(中)(下)
司馬遼太郎　新装版　アームストロング砲
司馬遼太郎　新装版　歳　月(上)(下)
司馬遼太郎　新装版　おれは権現
司馬遼太郎　新装版　大　坂　侍
司馬遼太郎　新装版　北斗の人(上)(下)
司馬遼太郎　新装版　軍　師　二　人
司馬遼太郎　新装版　真説宮本武蔵
司馬遼太郎　新装版　最後の伊賀者
司馬遼太郎　新装版　俄(上)(下)
司馬遼太郎　新装版　尻啖え孫市(上)(下)
司馬遼太郎　新装版　王城の護衛者
司馬遼太郎　新装版　妖　怪(上)(下)

司馬遼太郎　新装版　風の武士(上)(下)〈レジェンド歴史時代小説〉
司馬遼太郎　戦　雲　の　夢〈レジェンド歴史時代小説〉
司馬遼太郎　海音寺潮五郎　新装版　日本歴史を点検する
司馬遼太郎　井上ひさし　新装版　国家・宗教・日本人
司馬遼太郎　陳舜臣　金達寿　新装版　歴史の交差路にて〈日本・中国・朝鮮〉
柴田錬三郎　お江戸日本橋(上)(下)
柴田錬三郎　貧乏同心御用帳
柴田錬三郎　新装版　岡っ引どぶ〈柴錬捕物帖〉
柴田錬三郎　新装版　顔十郎罷り通る(上)(下)
柴田錬三郎　江戸っ子侍(上)(下)〈レジェンド歴史時代小説〉
城山三郎　この命、何をあくせく
城山三郎　黄　金　峡
城山三郎　平岩外四　人生に二度読む本
城山三郎　髙山文彦　日本人への遺言
白石一郎　庖丁ざむらい〈レジェンド歴史時代小説〉〈十時半睡事件帖〉
志茂田景樹　南海の首領クニマツ
志水辰夫　負　け　犬
島田荘司　殺人ダイヤルを捜せ
島田荘司　火　刑　都　市

島田荘司　御手洗潔の挨拶
島田荘司　御手洗潔のダンス
島田荘司　暗闇坂の人喰いの木
島田荘司　水晶のピラミッド
島田荘司　眩(めまい)暈
島田荘司　ア　ト　ポ　ス
島田荘司　異　邦　の　騎　士〈改訂完全版〉
島田荘司　御手洗潔のメロディ
島田荘司　P　の　密　室
島田荘司　ネジ式ザゼツキー
島田荘司　都市のトパーズ2007
島田荘司　21世紀本格宣言
島田荘司　帝都衛星軌道
島田荘司　UFO大通り
島田荘司　リベルタスの寓話
島田荘司　透明人間の納屋
島田荘司　占星術殺人事件〈改訂完全版〉
島田荘司　斜め屋敷の犯罪〈改訂完全版〉
島田荘司　星籠《せいろ》の海(上)(下)

講談社文庫　目録

島田荘司　屋上
島田荘司　名探偵傑作短篇集　御手洗潔篇
清水義範　蕎麦《そば》ときしめん
清水義範　国語入試問題必勝法
清水義範　愛と日本語の惑乱
清水義範
西原理恵子・え　独断流「読書」必勝法
椎名誠　にっぽん・海風魚旅〈怪し火さすらい編〉
椎名誠　〈にっぽん・海風魚旅3〉小魚びゅんびゅん荒波編
椎名誠　〈にっぽん・海風魚旅4〉大漁旗ぶるぶる乱風編
椎名誠　〈にっぽん・海風魚旅5〉南シナ海ドラゴン編
椎名誠　もう少しむこうの空の下へ
椎名誠　モヤシ
椎名誠　アメンボ号の冒険
椎名誠　風のまつり
椎名誠　ニッポンありゃまあお祭り紀行〈春夏編〉
椎名誠　ニッポンありゃまあお祭り紀行〈秋冬編〉
椎名誠　新宿遊牧民
椎名誠　ナマコ
椎名誠　埠頭三角暗闇市場

うえやまとち 漫画
東海林さだお 編　東海林さだお選「クッキングパパ」のこれが食べたい!
島田雅彦　悪貨
島田雅彦　虚人の星
真保裕一　連鎖
真保裕一　取引
真保裕一　震源
真保裕一　盗聴
真保裕一　朽ちた樹々の枝の下で
真保裕一　奪取(上)(下)
真保裕一　防壁
真保裕一　密告
真保裕一　黄金の島(上)(下)
真保裕一　発火点
真保裕一　夢の工房
真保裕一　灰色の北壁
真保裕一　覇王の番人(上)(下)
真保裕一　デパートへ行こう!
真保裕一　アマルフィ〈外交官シリーズ〉
真保裕一　ダイスをころがせ!(上)(下)

真保裕一　天魔ゆく空(上)(下)
真保裕一　ローカル線で行こう!
真保裕一　遊園地に行こう!
篠田節子　弥勒
篠田節子　転生
篠田真由美　未明の家〈建築探偵桜井京介の事件簿〉
篠田真由美　玄《くろ》い女神〈建築探偵桜井京介の事件簿〉
篠田真由美　翡《ひ》翠《すい》の城〈建築探偵桜井京介の事件簿〉
篠田真由美　灰色の砦〈建築探偵桜井京介の事件簿〉
篠田真由美　原罪の庭〈建築探偵桜井京介の事件簿〉
篠田真由美　美貌の帳《とばり》〈建築探偵桜井京介の事件簿〉
篠田真由美　桜闇〈建築探偵桜井京介の事件簿〉
篠田真由美　仮面の島〈建築探偵桜井京介の事件簿〉
篠田真由美　センティメンタル・ブルー〈蒼の四つの冒険〉
篠田真由美　月蝕の窓〈建築探偵桜井京介の事件簿〉
篠田真由美　失楽の街〈建築探偵桜井京介の事件簿〉
篠田真由美　胡蝶の鏡〈建築探偵桜井京介の事件簿〉
篠田真由美　聖女の塔〈建築探偵桜井京介の事件簿〉

講談社文庫　目録

2019年12月15日現在